HEYNE BÜCHER

Fantasy

Herausgegeben von Wolfgang Jeschke

Ein Verzeichnis weiterer Bände dieser Serie
finden Sie am Schluß des Bandes.

ANDREW J. OFFUTT

CONAN

DER SÖLDNER

3. Band der Conan-Saga

Illustrierte und mit Karten
versehene Ausgabe

WILHELM HEYNE VERLAG
MÜNCHEN

HEYNE SCIENCE FICTION & FANTASY
Band 06/4020

Titel der amerikanischen Originalausgabe
CONAN THE MERCENARY
Deutsche Übersetzung von Lore Strassl
Die Illustrationen im Text sind von Klaus D. Schiemann
Das Umschlagbild malte Thomas Thiemeyer
Die Karten zeichnete Erhard Ringer

Redaktion: Friedel Wahren

Printed in Germany 1993
Umschlaggestaltung: Atelier Ingrid Schütz, München
Technische Betreuung: Manfred Spinola
Satz: Datentechnik Schaber, Wels
Druck und Bindung: Presse Druck, Augsburg

ISBN 3-453-30959-6

Die Hyborische Welt Conans

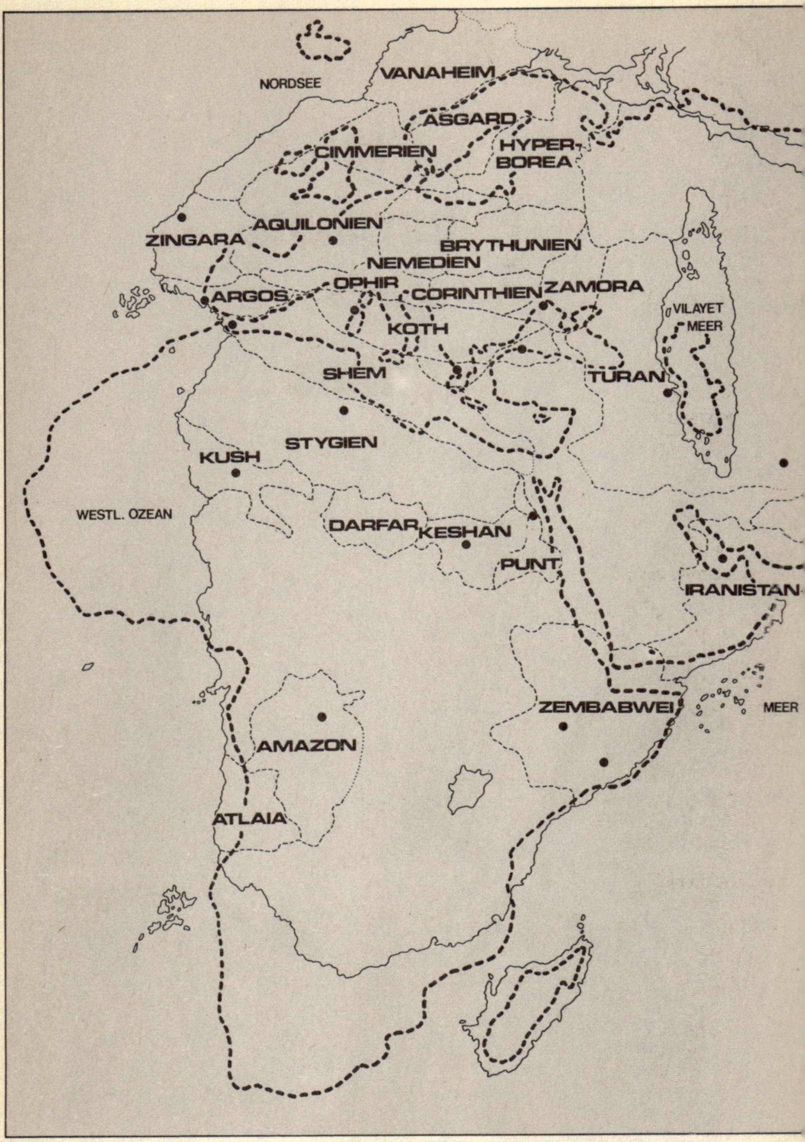

NORDSEE
VANAHEIM
ASGARD
HYPERBOREA
CIMMERIEN
AQUILONIEN
ZINGARA
BRYTHUNIEN
NEMEDIEN
OPHIR
CORINTHIEN
ZAMORA
ARGOS
KOTH
VILAYET MEER
SHEM
TURAN
STYGIEN
KUSH
WESTL. OZEAN
DARFAR
KESHAN
PUNT
IRANISTAN
ZEMBABWEI
MEER
AMAZON
ATLAIA

KHITAI
KUSAN
MEER VON
KHITAI
ÖSTLICHER OZEAN
MERU
UTTARA
KURU
VENDHYEN
KAMBUJA
MEER VON LEMURIA
ENDHYA
MEER VON MU
MU
SÜDLICHER OZEAN

BLAUE BERG
Brutheim
ASGARD
TUNDRA
HYPERBOREA
Paß
Gletscher
Wolfraven
Haloga
Pohiola
GEB
Paß
Sigtona
Schädeltor
GRAASKAL GEB
Atzels
Burg
Cragsfell
GRENZKÖNIGREICH
SALZMARSCHEN
Burg
VARAKEL
Edram
Charnina
Nezvaya
Wiccana
Hain
Kelbaza
MEDIEN
BRYTHUNIEN
Lema
Ebenen
Zikkurat
Paß
KEZANKIAN GEBIR
Hanumar
Dinander
Tempel
Pirogia
Potrebia
Yezud
Numalia
Stadtstaaten
Burg Slott
Mornstadinos
Paß
CORINTHIEN
Opkothard
ZAMORA
Urlaub
Zahmahn
KARPASH GEB
Shadizar
Paß
Larsha
Vanatta
Blutbe
Dagoth
Hügel
Negs Burg
Gottes
von Koth
Arenjun
Salzsee
Khalis
Elkad
Korveka
Khauran
TUR
VARETH
Kherdpu
Tantusium
Yivga
QIRLATA
Paß
STRASSE DER KÖNIGE
Khoraja
DUALI
Akrel Oase
Vezek
Khanyria
KHAROYA
ZAHEEMI
ZUAGIRS
Shamla Paß
ÖSTLICHE
WÜSTE
SHAN
E
SORKH
DRACHENBE
Altaku
Nippr
Akhlat
Oase
Kizil - Bezzin
Makan
- E -
Mordan
Akbitana
Yukku
Tamba - Syn

Inhalt

Prolog

Der Schädel des Greises glänzte im Lampenschein, der unnachsichtig all die braunen Altersflecken auf der straff gespannten Haut aufdeckte. Von der Decke hing eine bizarre Skulptur. In sie waren vier Öllampen eingelassen, die ihr blaßgelbes Licht ausstrahlten. Jeden Tag mußte ein Diener die Skulptur an einer Kette herunterlassen, um die Lampen zu füllen, die er dann mit einer langen Kerze anzündete.

Das kahle Haupt, das so unschmeichelhaft beleuchtet wurde, gehörte Baron Sabaninus, Herrscher über Korveka. Kette und Medaillon seines Ranges und seiner Würde ruhten schwer auf der Brust über seinem weinrot gefärbten Wollgewand, das hochgeschlossen war und lange Ärmel hatte, obwohl weder das Wetter noch die Wärme in seinem Amtsgemach es erfordert hätten.

Langsam hob der Baron eine runzlige, ebenfalls mit Altersflecken überzogene Hand zu den kinnlangen Strähnen, die um die Ohren hingen und das Gesicht zu beiden Seiten dünn einrahmten. Selbst diese traurigen Überreste seiner früher dichten Mähne waren altersgelb, genau wie die Fingernägel. Korvekas Herrscher blinzelte, beugte sich leicht über seinen Schreibtisch und betrachtete seinen Besucher.

Bildete er es sich nur ein, daß von diesem Mann, der von so unsagbar weit her kam und den seine schwachen Augen mühsam musterten, eine Aura des Bösen ausging?

Wieder blinzelte Sabaninus. Der Baron von Korveka war im Glauben, niemand ahne, wie sehr sein Augenlicht nachgelassen hatte und wie schlimm ihn die Kopfschmerzen quälten. Dabei fiel es jedem schon beim ersten Blick auf, wie er blinzelte und zwinkerte, sich näherbeugte und anstrengte, um Einzelheiten zu erkennen, die seine Augen nicht mehr aufzunehmen vermochten.

Einer Einzelheit seines Besuchers war der Baron sich jedoch ganz sicher: Seine Haut war gelb wie eine verblühende Blume, oder so, wie Gold im Sonnenuntergang erscheint.

Dem Herrscher von Korveka war noch nie zuvor ein Gelbhäutiger begegnet. Diesen hier zu sehen — oder fast zu sehen — freute der Baron sich besonders, denn dieser jüngere Mann hatte ihm ein Angebot gemacht, ein sehr ungewöhnliches und ungemein verlockendes.

Schweigend überlegte Sabaninus. Die beiden Männer blickten einander an. Keiner rührte sich. Die Lampen über ihnen brannten bleich. Keiner würde sie stören, so hatte es Baron Sabaninus angeordnet. Er dachte über das Angebot nach, genau wie über seine Vergangenheit — und Zukunft.

Der Herrscher des nordwestlichen Hochlands von Koth war Witwer. Auch hatte keine seiner Frauen ihm einen Sohn geschenkt, der das fruchtbare Ackerland am Fuß der schroffen Berge erben würde. Nicht einmal eine Tochter hatten seine Frauen geboren, ein Mädchen, das er mit dem Sohn eines Edlen hätte vermählen können, der nach seinem Tod über Korveka herrschen und Söhne zeugen würde, damit das Geschlecht nicht ausstarb. Selbst das wäre besser gewesen als seine jetzige Lage. Der Baron war nicht glücklich.

Sabaninus wußte, daß man im Hof von Khorshemish seit langem als ›Baron Landtölpel‹ von ihm sprach und als ›Lord Bauernlümmel‹, und in letzter Zeit als ›der alte verschrumpelte Bauernlord aus dem Blauenseenland‹. Andere Edle des alten hyborischen Königreichs schmiedeten ständig irgendwelche Komplotte. An Sabaninus hatte sich schon seit Jahren keiner gewandt. Niemand suchte mehr seine Unterstützung oder seinen Rat. Seine Produkte waren wertvoll, er selbst war harmlos. Er war weder ein Günstling des Königs noch von sonst jemandem am Hof, noch stand er in Ungnade. Keiner dachte daran, ihn zum Verbündeten zu machen. Die Menschen anderer Länder kannten Koth vor allem seiner unvergleichlichen Schmiedearbeiten wegen, doch aus Korveka kamen keine. Die fruchtbaren Äcker der Baronie, die von klaren Seen bewässert wurden und von Flüssen, die aus den Bergen kamen, waren vom Rest des Landes wirkungsvoll durch die natürlichen Granitmauern abgeschlossen. In der Baronie war das Land für Viehhaltung und Ackerbau wie geschaffen und deshalb viel zu wertvoll, als daß man hier Betriebe errichtet hätte, die irgend etwas herstellten. Aber selbst im fernen Hyrkanien jenseits der Vilayetsee, ja auch weit im Süden, in Zamboula, war der Traum aller Waffenträger eine kothische Rüstung. Wer, dagegen, kannte außerhalb von Koths Hauptstadt korvekanischen Kopfsalat? Oder Kohl oder Oliven? Wer schätzte in den Palästen und Städten denn schon wirklich jene, von denen ihre Nahrung stammte? Dachte man an Sabaninus von Korveka oder erwähnte man ihn, dann nur als provinzlerischen Edlen jenseits der Berge, als einsiedlerischen alten Mann, der ausgesuchte frische, ländliche Produkte an den Palast und die Märkte von Khorshemish schickte. O ja, korvekanische Wolle *ist* die beste — habt ihr schon das Neueste über den gutaussehenden Gardehauptmann und die Gattin des Vetters der Königin gehört ...?

Ein königliches Dekret hatte schon vor langem den Handel mit Korvekas unmittelbarem Nachbarn, dem kleinen Königreich von Khauran, verboten, das sich keilförmig an Korvekas Ostgrenze schmiegte. Schroffes, dem Himmel entgegenstrebendes Gebirge trennte Korveka von Corinthien und Zamora im Norden. Korveka, das ohne weiteres ein eigenes Königreich hätte sein können, war von der Welt so gut wie vergessen.

»Khauran«, murmelte Sabaninus.

»Ja, das Khauran der unglücklichen Königinnen«, sagte sein Besucher mit schmalziger Stimme.

Ah, dachte Sabaninus, wenn ich es nur zur Ehe mit der derzeitigen Königin gebracht hätte oder meinetwegen auch mit ihrer Vorgängerin — so fett sie auch nach dem Tod ihres Gemahls geworden war! Wie man mich in Koth, in Khorshemish feiern würde! Koths schmaläugige, mißtrauische Könige hatten immer mit dem kleinen östlichen Nachbarn geliebäugelt. Mit einem Kothier auf dem khauranischen Thron — einem Korvekaner! — könnte ein Bündnis leicht zu — nun, jedenfalls zu mehr werden, einem Anschluß Khaurans an Koth, und Khauran würde einen Herrscher, einen Statthalter mit kothischem Blut haben.

Lord Sabinamus, Sohn Sabaninus', Lord von Korveka und König von Koth!

Ein Lächeln zuckte um Sabaninus' hängende Lippen. Eine solche Aussicht und die Tatsache, daß er hochgeehrt werden würde, bedeuteten ihm weit mehr als die Krone Khaurans auf seinem Haupt.

Sein einziger Wunsch war immer nur gewesen, sein eigenes Volk zu beeindrucken, seit er vor vierzig Jahren im Alter von zweiundvierzig seines Vaters Medaillon und Titel geerbt hatte. Inzwischen war das saphirbesteckte goldene Medaillon an seiner Kette immer schwerer geworden, wie ihm schien, und sein Titel hatte ihm anderswo nicht viel eingebracht. Dabei hatte er sich so sehr danach gesehnt, in die glitzernden Paläste von Korshemish eingeladen zu werden! Durch ein Spalier bewundernder, neiderfüllter Edler zu stolzieren! Seinen Namen laut von einem Herold gerufen zu hören! Hochgeehrt zu werden! Von einem dankbaren König willkommen geheißen und erhoben zu werden! Nie wieder als tölpischer Bauernlord bezeichnet zu werden! O ja, für einen solchen Empfang würde er gerne den langen Ritt hinunter in den Westen machen!

Sein Besucher lächelte. »Mein Herr Baron tun klug daran. Als König von Khauran wärt Ihr nur Prinzgemahl, mit stets wachsamem Auge auf Koth und ständiger Furcht vor einer Invasion.«

»Ihr kennt meine innersten Gedanken, Mann von Khitai?«

»Ich besitze so manche Fähigkeiten, Baron, doch das Lesen von Gedanken gehört nicht dazu. Aber ich bin kein Dummkopf, und ein kluger Mann würde sich Eure Gedanken vorstellen können, nachdem Ihr mein Angebot gehört und Zeit gehabt habt, darüber nachzudenken.«

»Jugend!«

Eine glatte, goldschimmernde Hand hob sich, mit dem Zeigefinger ermahnend ausgestreckt. »Nicht Jugend, Sabaninus von Korveka. Den *Anschein* von Jugend, das Gefühl, jung zu sein. Das können wir Euch geben. Im Innern bleibt Ihr der gleiche. Gewiß beleidige ich Euch nicht, wenn ich Euch daran erinnere, daß der Tod bereits brennenden Auges auf Euch blickt.«

Der Baron seufzte. Er starrte vor sich hin, und der leicht rasselnde Seufzer, der sich ihm entrang, kam aus einem Mund, dem bereits mehr als die Hälfte der Zähne fehlten. Und ein Zahn schmerzte gerade jetzt.

»Mein Haar ...«

»Voll und braun.«

»Mein — mein Mund ...«

»Feste Lippen. Waren Eure Zähne weiß? Sie werden noch weißer sein.«

Sabaninus hob die Hände, betrachtete sie, drehte sie um. »Meine ...«

»Glatt und kräftig. Die Hände eines Mannes von ... Nun, ich kann Euch jeweils zwei von drei Jahren von Euren Schultern nehmen, Baron. Eure Hände, das Haar und die Zähne — und das Augenlicht — werden die eines Mannes von dreißig sein. Genügt euch das, Baron von Korveka?«

Der greise Edle schluckte schwer. »Baron der düsteren Berge! Bauernbaron! Lord Schafhirt!« Vielleicht waren seine Augen alterstrüb, als er diese Worte so unsagbar sanft murmelte, vielleicht glitzerten Tränen in ihnen. Er blinzelte heftig.

»Für mich — für mich ist dreißig wie siebzehn für andere, Khi Zang.«

Der Gelbhäutige antwortete nicht darauf. Allein saßen die beiden in des Barons Amtsgemach, und es würde sie auch niemand stören. Das Licht schimmerte auf dem kahlen Schädel und der altgoldenen Haut des Besuchers.

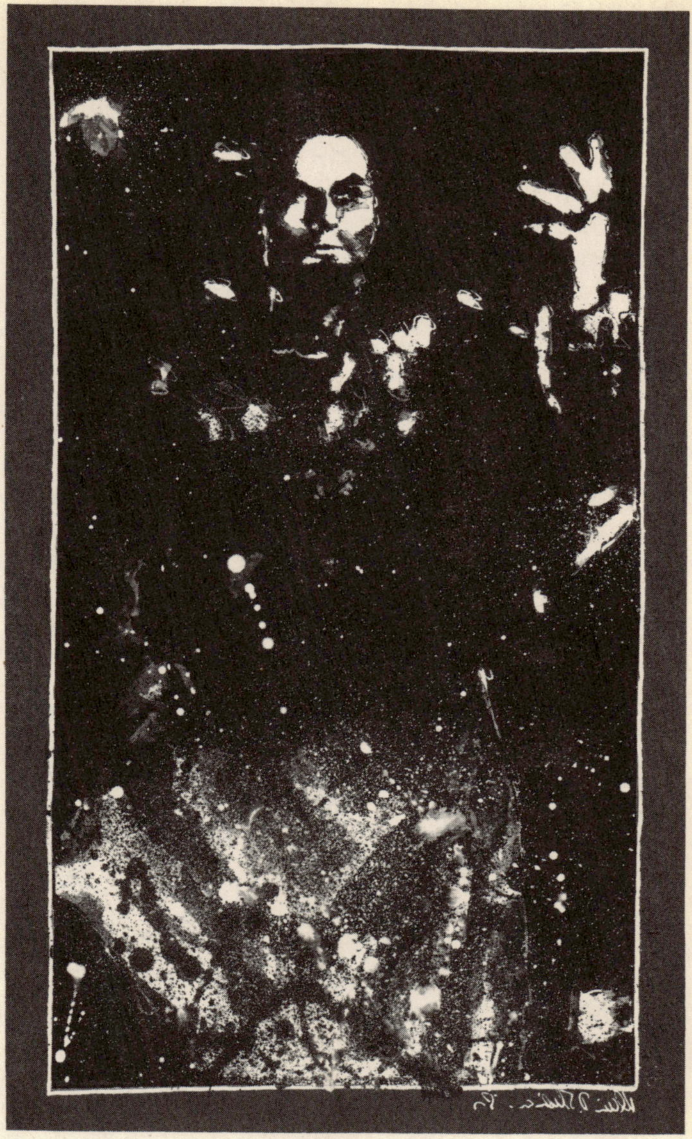

»Ihr — Ihr seid sicher, Khi Zang, daß es zu machen ist?«

»Ganz sicher. Aber natürlich nicht umsonst.«

Der Baron blickte ihn wortlos, doch aufmerksam an. Der Khitan machte eine wegwerfende Geste.

»Es wird ein Leben kosten, ein Leben für Koth! Für Euch besteht keine Gefahr, nicht die geringste. Sobald die Verwandlung vollzogen ist, tut Ihr selbstredend gut daran, schnell zu handeln, denn auch wenn Ihr aussehen werdet wie ein junger Mann, seid Ihr doch immer noch — Ihr.«

»Das genügt natürlich nicht.«

»Natürlich nicht. Jugend ist alles. Ihre scheinbare Ähnlichkeit nur eine höhnische Erinnerung an Vergangenes. Doch braucht Ihr sicher nicht mich dazu, Euch zu erinnern, daß auch der Tod nicht genügt, genausowenig wie mangelnde Anerkennung für einen wie Euch.«

»Ja. Nach achtzig und zwei Jahren. Doch allein wie dreißig zu scheinen ...«

»Ich weiß, Baron, es genügt nicht. Aber wer bekommt sonst schon die Gelegenheit, zumindest jünger auszusehen?«

Der Baron blickte auf den Mann, den er wie durch dicken Morgendunst sah oder wie durch eine Elle Wasser, selbst wenn es klar war. »Khitan — Khi Zang — wie alt seid Ihr?«

Kräftige weiße Zähne blitzten in einem bronzegelben Gesicht, als der Khitan lachte. »Ich warte schon eine ganze Weile darauf, daß Ihr mich das fragen würdet. Nun, für wie alt schätzt Ihr mich denn?«

»Ich ...«

»Macht mir nichts vor, Sabaninus!« Khi Zang war der erste seit undenkbarer Zeit, der den Baron beim

Namen nannte. »Ich weiß, daß Ihr sehr schlecht seht und Euch selbst dazu anstrengen müßt.«

Sabaninus grübelte eine Weile darüber nach und fragte sich, ob auch andere das bereits bemerkt hatten. Vermutlich. Er hatte sich ja nur selbst belogen. Und jetzt ... Dieser junge Besucher von einem Land so fern, daß manche es für Legende hielten, sprach er die Wahrheit? Oder war das Ganze etwa nur ein übler Trick? Machte man Sabaninus von Korveka wieder einmal zum Gegenstand des Spottes und der Verachtung?

Mit wahrer Verzweiflung hoffte er, daß dem nicht so war. Er wollte Khi Zang von Khitai glauben. »Ihr erscheint mir — wenig älter als dreißig.«

Der Khitan sagte gleichmütig: »Da ist mein Sohn schon älter, Baron, ja, er ist fast fünfzig. Und ich habe Tausende von Meilen zurückgelegt, um zu Euch zu kommen. Meine Jahre sind mir nicht genommen, sie sind nur nicht mehr sichtbar. Auch spüre ich sie nicht — außer mit dem Verstand.«

»Ihr erinnert Euch an alles?«

»Das tue ich.«

»Und Ihr habt diesen weiten Weg gemacht, um mir Eu ... — das Aussehen der Jugend zu bieten?«

»Ja.«

»Weshalb?«

Khi Zang lehnte sich ein wenig vor. »Irgendwann in der Zukunft, Sabaninus von Korveka, werden ich oder mein Sohn geschäftlich in Khauran zu tun haben. Wir werden nichts von Euch — oder Eurem Sohn? — erbitten, was Ihr nicht gerne zu geben bereit seid. Einen Tempel. Doch das liegt in der Zukunft, Sabaninus. Wieviel Zukunft habt Ihr? Im Augenblick verlange ich nichts weiter von Euch als eine Satteltasche — eine

Satteltasche, nicht mehr, Baron — gefüllt mit dem, was Ihr in Mengen hier versteckt habt: Gold.«

»Gold! Ihr wißt selbst von ...«

»Ja. Dem Vermögen des Hauses Saban. Von welchem Wert ist Gold für einen Mann, der alt, allein und ohne Erben stirbt?«

»Ihr befindet Euch in meinem Haus und seid grausam, Khitan!«

Khi Zang sah, daß noch Kraft und Feuer in dem Baron steckte, und er neigte den Kopf. »Grausam. Ja, die Wahrheit ist grausam für einen Greis. Männer so alt wie wir, Baron, brauchen einander nichts mehr vorzumachen. Gebt es doch zu, Sabaninus. Hätte ich gefragt: ›Was würdet Ihr zahlen, gäbe ich Euch die Jugend wieder?‹ Ihr hättet sofort gesagt: ›Alles, was ich habe!‹ Für den äußeren Anschein der Jugendlichkeit und all die Möglichkeiten, die das mit sich bringt, was seid Ihr da bereit zu geben? Ein Zwanzigstel von allem, was Ihr besitzt? Und einen Beweis der Dankbarkeit von seiten der Königin und des Prinzen, die Ihr nach Eurem Tod zurücklassen werdet. Ein Preis, der schon durch ein Bauwerk bezahlt ist. Eure Seele und Euer Vermögen verbleiben Euch, Sabaninus von Korveka.«

Ob ich das glauben kann? dachte Sabaninus, und in seinem Kopf drehte sich alles. »O große Ischtar!« murmelte er. »Wie kann ich nein sagen?«

Hilflos fragte er sich das, und tief im Herzen spürte er, daß er sich nicht auf diesen Handel einlassen sollte. Aber der Khitan hatte recht. Das Leben war das einzige wirklich wertvolle, das ein Mensch besaß, das und seine Ehre und seine Träume. Gold und eine zukünftige Verpflichtung wogen dagegen gering, ja sogar Weisheit und weitere Grübeleien. Heute abend oder morgen oder in ein paar Wochen mochte der Tod ihn vielleicht bereits holen. Er überlegte noch kurz. Was war schon eine Satteltasche voll Gold?

Was war schon Gold? Aber was hatte der Khitan da von einem Menschenleben gesagt? Sofort wurde er wieder mißtrauisch. Der Mann würde doch nicht gar den Sohn verlangen, den er mit Königin Ialamis zu zeugen hoffte?

Er hatte gefragt: ›Wie kann ich nein sagen?‹ und der Khitan hatte geschwiegen.

»Ich bin einverstanden. Was muß getan werden? Erklärt es mir in aller Einzelheit. Menschenleben? Welches Menschenleben braucht Ihr?«

»Öffnet Eure unterirdische Zuflucht. Holt, schleppt oder lockt — das Wie spielt absolut keine Rolle — eine Maid zu uns. Ihr werdet anwesend sein, und Ihr müßt mit aller Sorgfalt genau das tun, was ich Euch sage.«

»Ich — ich muß sie nicht töten ...«

»Nein. Ihr sollt nur still sein und gut aufpassen. Ihr leidet unter einer tiefverwurzelten Vorstellung, von was gut und was böse ist. Diese abergläubische Einstellung müßt Ihr heute ablegen: um Euretwillen und für Koth! Nur was ich Euch bereits erläutert habe, wird von Euch verlangt, Baron von Korveka. Von mir werden meine Fähigkeiten verlangt. Und von ihr: ihr unbedeutendes Leben.«

»Ihr erinnert mich immer wieder ...«

»Ja. Ich habe nicht vor, Euch zu belügen oder zu täuschen, Sabaninus. Ich habe auf dieser Welt noch nichts gefunden, was umsonst ist. Habt Ihr es in Euren zweiundachtzig Jahren? Euer Gewinn — vielleicht Koths Gewinn läßt sich nur auf Kosten des Lebens eines anderen erringen. So muß es sein, und das müßt Ihr verstehen.«

Der Baron hob zittrig die leberfleckigen dürren Hände vor das alte eingefallene Gesicht. *Ich bin kein schlechter Mensch. Ich war nie ein schlechter Mensch. Es ist für Korveka und für Koth.* Seine Stimme klang gedämpft durch die Finger.

»Ich werde es tun.«

Nateela von Ophir war achtzehn, und seit achtzehn Jahren war sie Sklavin.

Ein glückliches Leben hatte an jenem Tag für sie begonnen, als ein Mann in ländlicher Kleidung sie in Khorshemish erstand. Damals hatte sie nur gewußt, daß er nach Schafen roch und der Verwalter eines fernen Lords war, und so hatte sie sich auf der endlos erscheinenden Reise gen Osten und Norden sehr gefürchtet. Doch jenseits der drohenden, schwer passierbaren Berge hatte sie ein Land lieblicher Seen gesehen und sanfthügeliger Weiden mit Schafen und Rindern. Tiefer im Tal bemerkte sie auch, daß mühsam errichtete Mauern aus grauem Stein das Weideland von den bestellten Feldern trennten, und die Leute dort schienen alle freundlich und zufrieden zu sein. Doch erneut griff die Furcht nach ihr, als der Wagen zum ländlichen Palast des Barons rollte, um die in der Stadt erstandenen Sachen abzuladen, einschließlich ihr, Nateela.

Ihre Angst war grundlos gewesen. Elf Jahre hatte sie damals gezählt, und in den sieben Jahren, die seither vergangen waren, hatte Nateela sich inneren Glücks, Zufriedenheit, guten Essens, ausreichender Ruhe erfreut und war nicht ein einzigesmal geschlagen worden. Nun wünschte sie sich nur, nie das Gut des Barons von Korveka verlassen zu müssen. Heimlich liebte sie diesen Mann wie einen Onkel oder Vater. Ihre Liebe als Frau war natürlich etwas anderes, sie galt ausschließlich Vanirius, dem Sohn des Verwalters — nicht, daß der freigeborene junge Mann das überhaupt bemerkte.

Nateela wußte nicht, weshalb der Baron sich heu abend so lange tief im Innern der modrigen Zuflu des alten Gemäuers mit seinem seltsamen Gast au hielt. Natürlich fragte sie ihn nicht, und es interessierte sie auch nicht übermäßig. Man hatte ihr befohlen — der Baron selbst hatte es ihr gesagt —, ihnen Most, nicht Wein, zu bringen, sobald der Mond über dem Schafgehege stand.

Sie hatte keine Angst, in die Dunkelheit der unterirdischen Kammer hinunterzusteigen, die vor langer Zeit als Zuflucht für des Barons Familie im Fall einer Belagerung errichtet worden war. Willig ging sie. Ihr Lord war unten. Sie vertraute ihm und diente ihm gern. Er war ein guter Mensch, der wohl nicht mehr sehr lange zu leben hatte. Es kam ihr nur merkwürdig vor, daß er in der klammen Kälte dort unten nicht nach Wein verlangt hatte, um die Schmerzen in seinem linken Bein und seinem rechten Ellbogen und der Schulter des gleichen Armes erträglicher zu machen. Sie wußte, daß dieses Leiden ihm arg zu schaffen machte. Sie wollte, sie wäre eine Zauberin, die ihn von diesen Schmerzen befreien konnte.

Er war so alt. Wie dumm war es — wie manche Wissenschaftler es taten — von durchschnittlicher Lebenserwartung zu reden, denn diese Zahl errechnete man, indem man ja auch die unzählig vielen mitberücksichtigte, die schon im ersten oder zweiten Lebensjahr starben — und die vielen Frauen, die im Kindbett starben. Trotzdem war der Herrscher von Korveka bereits in einem Alter, das nur wenige Männer und noch weniger Frauen erreichten. Das alles wußte Nateela, und ihre Sorge war jetzt, was nach seinem unausbleiblichen Tod aus ihr werden würde. Unerklärlicherweise hatte er keinen Nachfolger bestimmt, hatte niemanden an Kindes Statt angenommen. Zweifellos würde der König in Khorshemish das Land für sich beanspruchen und einen anderen Herrn hierherschicken, um es zu verwalten. Oder vielleicht würde jemand es bekommen, der zwar die Erträge einstrich und die Steuern für sich einziehen ließ, aber jenseits der Berge wohnen bliebe, um der Hauptstadt nicht so fern zu sein. Dann würde sich hier nichts ändern, denn der Verwalter war ein guter, gerechter Mann, und sein Sohn Vanirius ...

Nein, darüber wollte Nateela lieber nicht nachdenken. Sie diente Baron Sabaninus treu und voll Liebe.

Je tiefer sie kam, desto dicker und modriger wurde die Luft, sie roch nach Erde und dann auch nach verbrannten Kräutern und Räucherwerk. Das gefiel Nateela, obwohl es ein wenig aufdringlich süß war. Die uralten Stufen waren dunkel. Unten flackerten einladend Kerzen oder Lampen, und sie hörte die Stimmen der sich unterhaltenden Männer. Sie duckte sich ein wenig, um unter den dicken Spinnweben hindurchzukommen, und stieg vorsichtig, doch ohne sich zu bemühen, besonders leise zu sein, weiter hinunter.

Jetzt war die Stimme des Barons lauter, und sie verstand die Worte: »Ich habe meinen Verwalter unterrichtet, daß Ihr und ich spät heute nacht ohne Begleitung nach Khorshemish aufbrechen werden. Das gleiche habe ich auch dem Aufseher meines Hausgesindes gesagt. Beide gingen früh zu Bett, vermutlich, weil sie hoffen, mir doch bei der Abreise helfen zu können. Zwei Männer erwarten Eure Ankunft und die — meines Neffen, Sergianus, an den Stallungen. Sie werden Pferde und Reiseverpflegung für uns vier bereithaben.«

»Ihr habt gut vorgesorgt«, hörte Nateela die tiefe Stimme des gelbhäutigen Fremden. »Und das Mädchen?«

»Ischtar möge mir vergeben.« Die Stimme des Barons klang noch zittriger als sonst. »Sie müßte uns jeden Augenblick die Erfrischungen bringen. Habt Ihr alle Vorbereitungen getroffen?«

»Das habe ich, Sabaninus.«

Nateela wunderte sich über ihre Worte, vergaß sie jedoch vor lauter Staunen darüber, daß ihr Herr beim Namen genannt wurde. Nie zuvor hatte sie gehört, daß jemand es in seiner Anwesenheit tat. Sie stieg die restlichen Stufen hinunter und hielt es für angebracht, sich bemerkbar zu machen. Sie hüstelte.

»Ihr braucht nur innerhalb dieses Kreises mit mir zu bleiben«, fuhr der Khitan fort.

»Vielleicht ...«

»Genug, Baron von Korveka. Habt Ihr das Hüsteln gehört? Damit meldet eine gute Dienerin sich an.«

O gut, dachte Nateela, der arme alte Baron hatte sie vermutlich nicht gehört.

»Und nicht zu früh«, hob des Khitans Stimme sich. »Diese muffige Luft dörrt einem Mund und Kehle aus.«

Danach schwiegen die beiden Männer. Nateela war froh, daß der seltsame gelbhäutige Mann wußte, daß sie kam. Zweifellos hörte der alte Baron kaum noch mehr als er sah. Der arme alte Mann, der ohne Weib, Sohn oder Tochter sterben mußte! Wie sehr ich ihn mag! Er ist ein guter Mann!

Sie betrat die uralte Zuflucht. Unwillkürlich holte

sie erschrocken Luft. Die Erde war kalt und hart unter ihren Füßen.

»Guter süßer Most, meine Gebieter.«

»Welch lieblicher Trunk von einem solch lieblichen Kind, meine Teure«, sagte der Khitan und lächelte.

Er sieht eigentlich gar nicht so schlecht aus, dachte Nateela. Aber seine Hautfarbe, die glänzende Schwärze seines dicken Haares, die seltsam mandelförmigen Augen, all das war ihr fremd, so völlig ungewohnt, daß sie sich in seiner Gegenwart nicht wohlfühlen konnte. Sie bemühte sich um ein schwaches Lächeln und spürte den Blick seiner schwarzen Augen auf sich, als sie das Tablett zum Baron trug.

Der Herrscher von Korveka trug ein lang- und weitärmeliges weißes Hemd und besonders weite Reitbeinkleider über ebenso merkwürdig weiten Stiefeln.

Beide Männer betrachteten sie wohlwollend. Zwar mußten manche Sklavinnen, damit sie ständig an ihren Stand erinnert wurden und auch zur Ergötzung ihrer Herren, über der Taille nackt gehen, doch das war im Haushalt Sabaninus' von Korveka nicht so. Aber sehr viel hatte Nateela nicht an, und das machte sie interessanter als manch andere Sklavinnen mit entblößtem Busen. Das gelbpaspelierte kothisch grüne Mieder wogte bei jedem Schritt, und ihre Hüften über dem tief angesetzten langen Rock gleicher Farbe wiegten sich sinnlich. Außer einem Kupferarmreif und einem Amulett, das an einem Lederband um ihren Hals hing, trug Nateela nichts.

»Wie schön du gebaut bist, mein liebes Kind«, sagte der Khitan, als wäre er so wesentlich älter.

Mit gesenkten Wimpern schenkte sie ihm ein Lächeln, während er den großen Mostkrug vom Tablett hob.

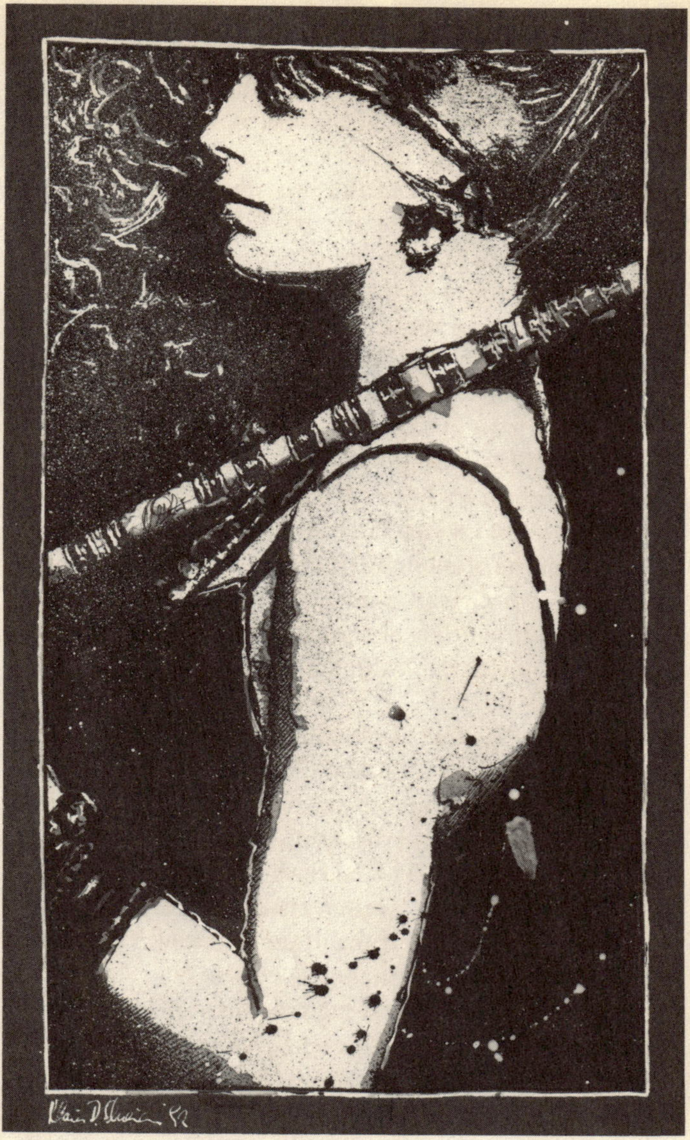

Er trat einen Schritt von ihr zurück auf den Baron zu und murmelte seltsame Worte in noch seltsamerem Tonfall, in einer Sprache, die ihr fremd war und die sich ungemein fließend, ja fast wie gesungen anhörte.

»Danke, Nateela.« Die Stimme des Barons zitterte mehr denn je. Er blickte sie wie in tiefer Trauer an. »Du bist meinem Herzen nahe, Nateela.«

»Danke! O danke, mein Gebieter.« Die Ophitin glaubte, ihr Herz müsse vor Glück zerspringen. Wie lieb von ihm, das zu sagen! Welch einen guten, liebenswerten Herrn sie doch hatte!

Während sie ein Geräusch hinter sich hörte, bemerkte sie nicht, wie der Khitan sich schnell bückte, um mit Kreide den Kreis zu schließen, in dem er mit dem Baron stand. Nateela drehte sich um.

Sie waren nicht mehr allein in der schwach beleuchteten unterirdischen Kammer, doch hatte der Neuankömmling alles andere als menschliche Gestalt. Nateela erschrak so sehr, daß sie keinen Laut über die Lippen brachte.

Ein fürchterliches, dröhnendes Quaken kam von diesem Ungeheuer, das von gewaltigem Körperbau war. Einzelheiten dieser mächtigen Gestalt waren nicht zu erkennen, dazu fiel viel zuwenig Licht auf sie. Das einzige, was Nateela deutlich sah, waren funkelnde Augen und riesige, schimmernde Fänge. Es hopste auf sie zu. Erst jetzt entfuhr ihrem Mund ein schriller Schrei, und sie wich grauenerfüllt zurück.

Da spürte sie eine Hand zwischen den Schulterblättern, von der sie heftig vorwärts gestoßen wurde.

»NEIN!« hörte sie hinter sich einen Schrei. Sie erkannte die Stimme des Barons, und obgleich ihr Verstand fast versagte, empfand sie Dankbarkeit, daß nicht er es gewesen sein konnte, der sie gestoßen hatte.

»Ihr Narr!« brüllte der Gelbhäutige. »Wenn Ihr einen Fuß aus dem Kreis setzt, werdet auch Ihr versch ...«

Mehr hörte Nateela nicht. Mit seiner Schwärze der mond- und sternenlosen Nacht löschte das Monstrum Hören und Sehen aus, und nach einem Augenblick unerträglichen Schmerzes auch ihr Leben.

Der Khitan hatte eine Hand um einen Arm des Barons gelegt, während er in seinem Singsang eine weitere Beschwörung herunterleierte. Plötzlich verschwand das grauenvolle Ungeheuer für immer aus Baron Sabaninus' unterirdischer Kammer. Von Nateela hatte es keine Spur zurückgelassen, als Khi Zang es in die Abgründe der Finsternis zurückschickte, aus der er es gerufen hatte.

Und dann verschwand auch Baron Sabaninus.

Der Mann, der an seiner Stelle vor dem Khitan stand, trug die Kleidung des Barons, doch an diesem hochgewachsenen, weit jüngeren Mann, hingen weder Hemd noch Beinkleider lose. Er starrte auf seine Hände, die er immer wieder mit angewinkelten Armen vor den Augen umdrehte. Dann blickte er über die gespreizten Finger hinweg auf den Khitan.

»Bei Ischtars Locken! *Ich sehe Euch ganz klar!*«

»Und ich Euch, Sergianus!«

»Alles ist — o ihr Götter! O Lady Ischtar meiner Väter — ich bin ich — und ich bin es doch nicht!«

»Ich sehe, was ein Spiegel Euch zeigen würde«, sagte der Gelbhäutige. »Einen etwa dreißigjährigen Mann, hoch- und geradegewachsen; Brust- und Wadenmuskeln so gewaltig schwellend, daß sie die Kleidung zu zerreißen drohen; eine dicke Mähne braunen

Haares, dem die Morgensonne rote Funken entlocken wird; ein Gesicht, das alles andere als häßlich oder alt ist; und scharfe, junge Augen. Niemand wird Euch erkennen!«

»Isch — tar ...«

»Die Göttin, deren Elfenbeinabbild in Eurem Amtsgemach steht? Nur sie könnte Euch jetzt noch erkennen. Aber denkt daran, daß die Pferde bereitstehen. Sie warten auf — wen?«

»Mich! Nein — ich meine, ja! Ja! Die Pferde warten auf Sergianus, meinen Neffen — den Neffen des Barons Sabaninus von Korveka. Sergianus — ich bin Sergianus!«

»Das seid Ihr, mein junger Baron Sergianus.« Khi Zangs weitausholende Geste umfaßte mehr als die schlecht beleuchtete unterirdische Kammer. »Nichts hält uns hier mehr, Sergianus. Machen wir uns auf den Weg, Sergianus — eine Königin harret Eurer!«

»Ja!«

In diesem Augenblick war Nateela vergessen. »Ja!« wiederholte Sergianus mit kräftiger Stimme, die reif, aber keineswegs alt war. »Eine Königin wartet!«

Lachend und zitternd, doch nicht aus Altersschwäche, schritt Sergianus zur Treppe und stieg die Stufen hoch. Lächelnd folgte ihm der gelbhäutige Zauberer aus dem fernen Khitai und schloß die Tür hinter sich.

Die schimmernde Scheibe des Mondes wanderte nur ein kleines Stück, bis sie auf den Pferden saßen. Zwei junge Männer begleiteten sie, deren Ehrgeiz und Habgier sie lange genug zu vertrauenswürdigen Helfern machen würden. Und so ritten sie ostwärts durch die nächtliche Baronie, mit nur zwei Packpferden. Alle vier Männer trugen Dolche, Khi Zang und Sergianus zusätzlich noch Schwerter.

Einer der vier würde sich schließlich von den anderen trennen, um die Tausende von Meilen in seine Heimat zurückzulegen und dort Jahre zu warten, bis sein Vorhaben reifte: die Verpflanzung eines grauenvollen Gottes aus den dunklen Schleiern der uralten Geschichte Khitais in das moderne Khauran der Zukunft. Von den drei anderen würde nur einer die Reise zur Hauptstadt Khaurans überleben. Wenn er sie erreichte, hatten um seines Traumes willen drei Menschen ihr Leben lassen müssen.

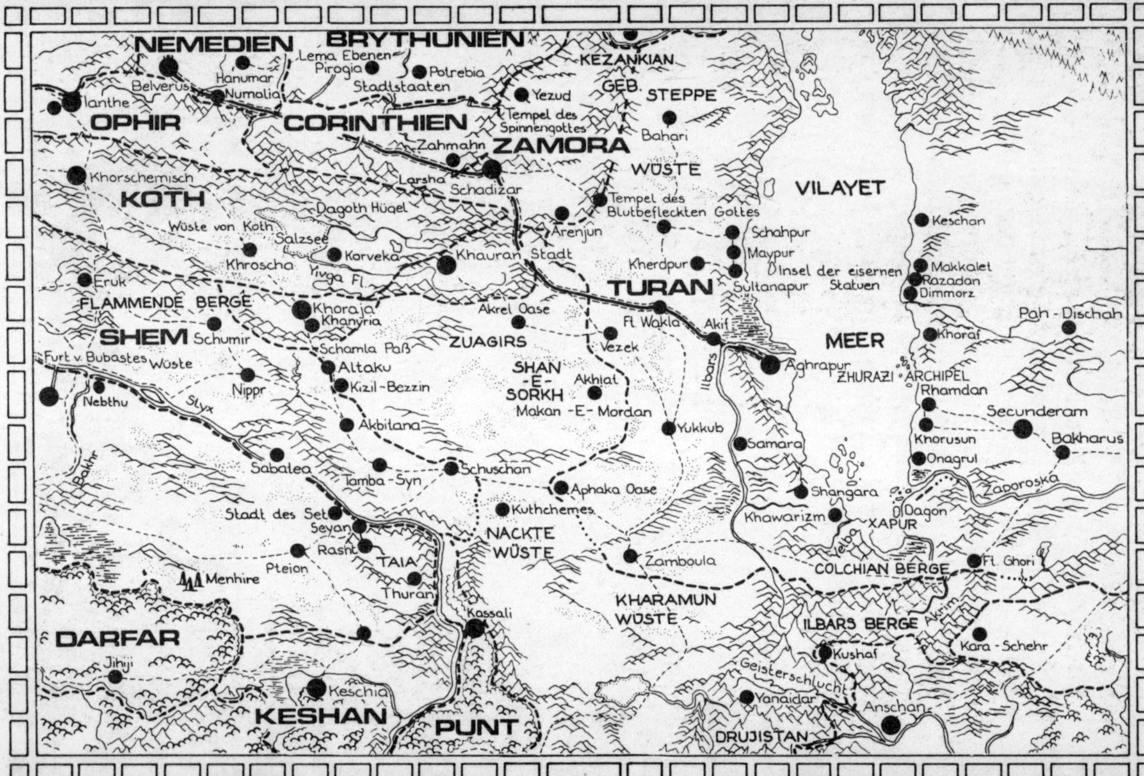

NEMEDIEN
BRYTHUNIEN
Lema Ebenen
Pirogia
Potrebia
Hanumar
Belverus
Numalia
Stadtstaaten
Ianthe
OPHIR
CORINTHIEN
KEZANKIAN
GEB.
STEPPE
Yezud
Tempel des Spinnengottes
Bahari
Zahmahn
ZAMORA
WÜSTE
Khorschemisch
Larsha
Schadizar
KOTH
Tempel des Blutbefleckten Gottes
VILAYET
Dagoth Hügel
Wüste von Koth
Salzsee
Korveka
Khauran Stadt
Arenjun
Schahpur
Maypur
Keschan
Khroscha
Yivga Fl.
Kherdpur
Insel der eisernen Statuen
Makkalet
Razadan
Dimmorz
Sultanapur
TURAN
Eruk
FLAMMENDE BERGE
Khoraja
Khanyria
Akrel Oase
Fl. Wakla
Akif
Pah-Dischah
SHEM
Schumir
Schamla Paß
ZUAGIRS
Vezek
Khoraf
MEER
Furt v. Bubastes
Wüste
Altaku
SHAN -E- SORKH
Akhlat
Aghrapur
ZHURAZI ARCHIPEL
Rhamdan
Nippr
Kizil-Bezzin
Ilbars
Nebthu
Styx
Makan-E-Mordan
Secunderam
Akbitlana
Yukkub
Samara
Khorusun
Bakharus
Onagrul
Sabatea
Tamba-Syn
Schuschan
Bakhr
Aphaka Oase
Shangara
Zaporoska
Stadt des Set
Kuthchemes
Khawarizm
Dagon
Seyan
NACKTE WÜSTE
XAPUR
Rasht
Pteion
TAIA
Zamboula
Fl. Ghori
Menhire
Thuran
KHARAMUN WÜSTE
COLCHIAN BERGE
Kassali
Akrim
ILBARS BERGE
DARFAR
Kara-Schehr
Jihiji
Kushaf
Geisterschlucht
Keschia
Yanaidar
Anschan
KESHAN
PUNT
DRUJISTAN

CONAN

DER SÖLDNER

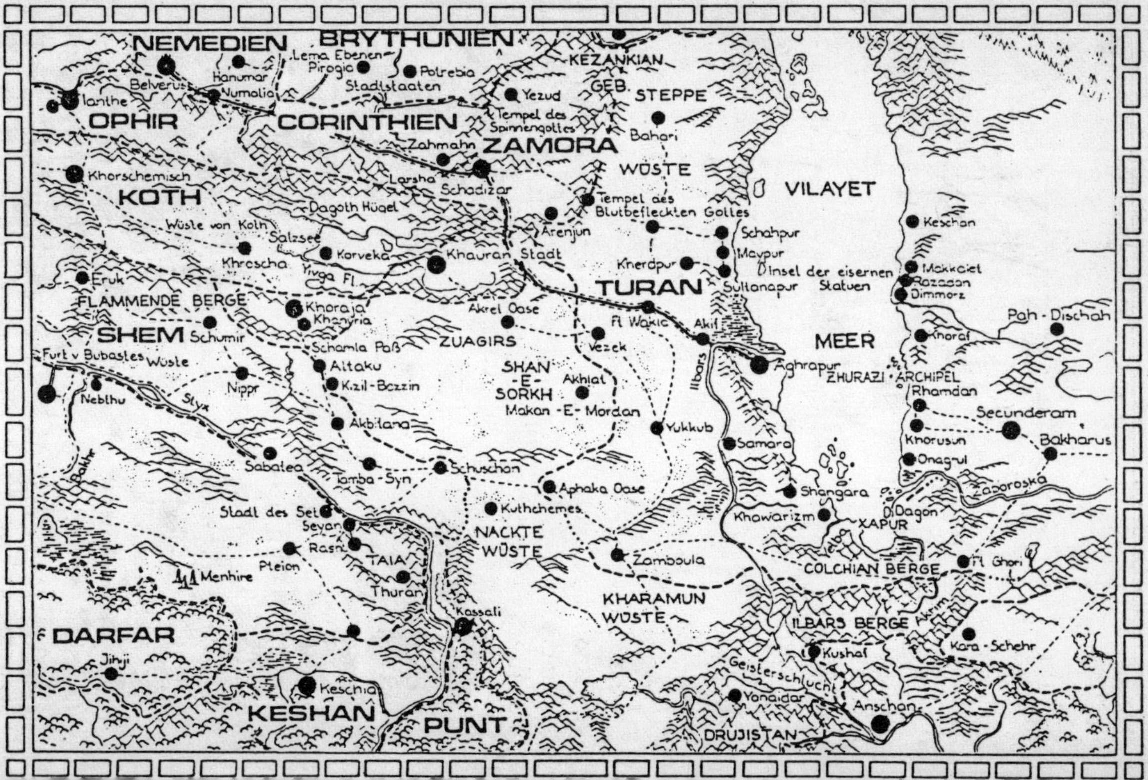
NEMEDIEN
BRYTHUNIEN
KEZANKIAN
GEB.
STEPPE
Lema Ebenen
Pirogia
Potrebia
Stadtstaaten
Hanumar
Belverus
Numalia
Ianthe
Yezud
Tempel des Spinnengottes
Bahari
OPHIR
CORINTHIEN
ZAMORA
Zahmahn
WÜSTE
Khorschemisch
Larsha
Schadizar
VILAYET
KOTH
Dagoth Hügel
Tempel des Blutbefleckten Gottes
Wüste von Koth
Salzsee
Arenjun
Keschan
Schahpur
Khrescha
Korveka
Khauran
Stadt
Maypur
Kherdpur
Insel der eisernen Statuen
Makkalet
Rozaan
Dimmorz
Eruk
Yivga Fl.
TURAN
Sultanapur
FLAMMENDE BERGE
Pah - Dischah
Khoraja
Khanyria
Akrel Oase
Fl Wakic
Akif
SHEM
Schumir
MEER
Khoraf
Schamla Paß
ZUAGIRS
Vezek
Furt v Bubastes
Wüste
SHAN -E- SORKH
Aghrapur
ZHURAZI · ARCHIPEL
Altaku
Akhlat
Ilbars
Neblhu
Nippr
Kizil - Bezzin
Rhamdan
Styx
Makan - E - Mordan
Secunderam
Akbitana
Yukkub
Samara
Khorusun
Bakharus
Onagrul
Sabatea
Tamba - Syn
Schuschan
Bakhr
Aphaka Oase
Shangara
Zaporoska
Kuthchemes
Dagon
Stadt des Set
Khawarizm
Seyan
XAPUR
NACKTE WÜSTE
Rasn
Pleion
TAIA
Zamboula
Fl Ghori
COLCHIAN BERGE
Menhire
Thuran
KHARAMUN WÜSTE
Kassali
ILBARS BERGE
DARFAR
Kara - Schehr
Jihji
Kushaf
Geisterschlucht
Keschia
Yanaidar
Anschan
KESHAN
PUNT
DRUJISTAN

1

DER TOD IN SHADIZAR

Der hochgewachsene, junge Mann schlich mit der Geschmeidigkeit einer jagenden Dschungelkatze durch die nächtlichen Straßen. Die kräftige Prankenhand war jederzeit bereit; nach Schwert oder Dolch, oder auch beidem, zu greifen. Wachsam spähten die scharfen Augen selbst in die dunkelsten Schatten der schlechtbeleuchteten Straße am Rand der Viertel, in denen die Stadtwache patrouillierte. Trotz seiner riesenhaften, ungemein kräftigen Statur bewegte er sich fast lautlos. Augen beobachteten ihn aus einer Gasse, die so dunkel wie ein Brunnenschacht um Mitternacht war. Der Straßenräuber musterte ihn abschätzend und gewann den Eindruck, daß der junge Mann nichts Verlockendes an sich trug, und ließ ihn ungeschoren weiterziehen.

Der junge Mann erreichte die Ecke der Basargasse und bog ohne Zögern nach links in die Thronstraße Erliks ein. Hier war es enger und noch dunkler.

Kaum war er um die Ecke gebogen, prallte eine eilige Gestalt gegen ihn. Eine zierliche junge Frau in scharlachrot gefärbten Fetzen und dünnem Schleier, mit Kupfermünzen verziert, an denen nur der armseligste Dieb sich vergreifen würde, kämpfte wild um sich schlagend um ihr Gleichgewicht. Ihr keuchender Atem und ihre verstörten Augen verrieten dem Mann, daß sie hastig, wenn auch noch nicht lange mit ihren schmutzigen, bloßen Füßen gelaufen war. Er nutzte die Gelegenheit nicht, die Arme um sie zu legen, sondern schob sie mit einer Hand um ihre Schulter sanft zurück, um ihr ins Gesicht schauen zu können.

»Hoppla, Mädchen, wohin denn so eilig?« fragte er.

Die junge Ostländerin mit der kastanienfarbigen Haut entwand sich seinem Griff, duckte sich und rannte weiter. Der Mann drehte sich nicht einmal um. Schulterzuckend setzte er seinen Weg fort. Er nahm die Hand vom Dolchgriff und blinzelte hinauf zu den Fenstern des oberen Stockwerks.

»Junge! He du, Großer!«

Er machte eine halbe Körperdrehung um zurückzublicken. Wie eine kleine Pantherin im Vergleich mit ihm, dem schwarzmähnigen Löwen, stand das Mädchen in der Mitte der Kreuzung, wo sich ihr niemand unbemerkt nähern konnte und es deshalb am sichersten war. Sie hatte die Hände in die über dem Rock nackten Hüften gestemmt und blickte ihn an.

»Kehr lieber um«, rief sie ihm zu, »wenn du nicht in anderer Leute Unannehmlichkeiten hineingezogen werden willst!«

»Glaubst du vielleicht, ich trage mein Schwert, um damit die Zehennägel zu säubern?« rief der junge Mann dem jungen Mädchen zu.

Sie schnaubte und warf ihren Kopf so heftig zurück, daß das purpurschwarze Haar flog. »Huh! Nein, und du bist auch groß genug. Aber kluge Leute halten sich aus fremden Schwierigkeiten heraus, und es sieht so aus, als wolltest du gerade darauf zulaufen. Drei oder vier Klingen, zumindest. Woher hast du diesen barbarischen Akzent?«

»Nicht von der anderen Seite der Vilayetsee wie du,

Mädchen.« Der breitschultrige Beinah-Riese, dessen schwellende Brust die nicht für ihn zugeschnittene Tunika zu sprengen drohte, schaute sich um. Die Sonne hatte seine Haut bronzefarben getönt, und die Tunika war von der Farbe des Wüstensands. »Warum warnst du mich?«

Er war zu Recht wachsam und mißtrauisch. Er kannte Arenjun gut, und Shadizars Ruf war wenig besser. Eine hilfreiche und verführerische Frau könnte leicht seine Aufmerksamkeit ablenken, während ein lautloser Helfershelfer sich mit Fäusten oder Waffen an ihn heranschlich. Doch er sah niemanden. Die Thronstraße Erliks schien leer und still zu sein. Die Anhänger des Kultes trafen sich offenbar in dieser Nacht nicht in dem großen Bauwerk, das sie zu ihrem Tempel gemacht hatten, oder sie verhielten sich bei ihren Riten unwahrscheinlich ruhig.

Die junge Frau zuckte mit den Schultern. Es war eine knabenhafte Geste, nur daß dabei ihr mehr entblößter als bedeckter und eher geschmückter als bekleideter Busen wogte. Fetzen groben Wollstoffs und Schleier! Das Mädchen war wahrhaftig arm wie eine Tempelmaus.

»Ich bin mit dir zusammengestoßen, und du hast nicht versucht, mich festzuhalten oder gegen die Wand zu drücken. Warum nicht?«

»Ganz sicher nicht deshalb, weil ich dich nicht hübsch finde«, antwortete er nicht ganz ohne Verlangen, denn er war neu in der Stadt, und sie war ein appetitliches Ding. »Zeig mir den Weg zu einer Taverne, dann können wir uns näher kennenlernen.«

Sie lachte abfällig. »Das, was mich anzieht, hast du nicht, Bursche.«

»Ich bin ein Jahr oder so älter als du und stark genug, ein Mädchen wie dich zu beschützen!« Während seine Brust noch ein wenig mehr anzuschwellen schien, schaute er erneut die Thronstraße Erliks entlang. Sie blieb leer in der Dunkelheit.

»Huh! Das sind Dutzende andere auch, mein Junge, und alle mit großen hitzigen Händen, die herumstöbern wollen wie streunende Hunde. Gute Münzen sind es, auf die ich aus bin!«

»So geh deines Weges und such dir einen feisten schmierigen Kaufmann, der seine Münzen für eine Frau ausgibt, die so arm ist, daß sie sich Seide nicht leisten kann. Auch ich bin auf gute Münzen aus.«

Sie wollte noch etwas sagen — ihn vielleicht darauf aufmerksam machen, daß der Stadtteil, in dem es so was gab, in der entgegengesetzten Richtung lag —, doch dann überlegte sie es sich. Mit einem weiteren knabenhaften Schulterzucken, das so unerwartete Wirkung hatte, und einem neuerlichen Zurückwerfen ihres Kopfes drehte sie sich um, rannte auf leisen bloßen Sohlen die Basargasse hinauf zur inneren Stadt mit dem Basar. Er bemerkte, daß sie sich bemühte, ihre mädchenhaften Hüften aufreizend zu wiegen.

»Frauen!« brummte er wie ein Mann von Erfahrung und achtete nicht auf ihren Rat. Er entfernte sich noch weiter von dem besser beleuchteten und von Patrouillen bewachten Gebiet. Er wußte, daß diese Stadt verrucht war. Aber vielleicht war er selbst das ebenfalls. Er hatte jedenfalls vollstes Vertrauen zu sich.

Die Hauptstadt von Zamora wurde nicht grundlos die Verruchte genannt, dachte Conan grübelnd.

Im Basar gab es alles, was die Karawanen von der Straße der Könige, der großen Karawanenroute, hierherbrachten: von Nahrungsmitteln zu Prunkstücken, sowohl aus Stein als auch aus Fleisch und Blut. Auch alle Arten von Lastern waren hier zu finden, manche sogar wie Ware feilgeboten, zu einem hohen Preis, natürlich, die meisten aus fernen Ländern. Gewöhnlich herrschte reges Treiben auf diesem geräumigen Markt mit seinen vielen Ständen und den Läden ringsum.

So neugierig er ihn auch betrachtete, und so sehr die Vielfalt der Waren und die Stimmen der Marktschreier ihn auch lockten, sich ins Getümmel zu stürzen, vermied Conan es doch, sich hier zu irgend etwas, selbst wenn es ihm noch so gut gefiel, überreden zu lassen.

Gewiß, der kräftige, immer noch wachsende Jüngling war nicht besitzlos mit seinen beiden Pferden, die er in einer Stallung hinter der Herberge untergebracht hatte. Doch zu schwer hatte er sich seinen Besitz verdient, als ihn für Tand aufs Spiel zu setzen. Außerdem war er nicht nach Shadizar gekommen, um Geld auszugeben. Sein Geschäft war anderer Art. Es betraf seine Seele — und Einnahmen, nicht Ausgaben.

Nachdem er sich von den rauhen Bergen Cimmeriens nach Zamora durchgekämpft hatte, hatte er sich in Arenjun als Dieb etabliert, aber zu viel hatte er es in den zwei Monaten nicht gebracht, im Gegenteil, er hatte auch noch ein Stück seines eigenen Ichs verloren, an dem er sehr hing. Trotz der Leichtlebigkeit und Gleichmut des Barbaren und des Optimismus seiner Jugend war er bestimmt nicht der Glücklichste oder Sorgloseste in Shadizar von Zamora.

Mit sich widersprechenden Hoffnungen und Absichten war er hierhergekommen. Er ersehnte sich eine Audienz mit dem von Zauberern beratenen König, gleichzeitig aber wollte er nichts als fort von hier. Er erfuhr auch bald, daß der König von Zamora für einen jungen Mann aus fremdem Land nicht zu sprechen sei, wenn dieser nicht zuvor gutes Geld für prächtig gekleidete Vermittler zur Hand hatte. Schnell war ihm auch klar geworden, daß er sich den Aufenthalt in der Oberstadt nicht lange würde leisten können. So suchte und fand er Unterkunft jenseits des Basars in dem Viertel der befestigten Hauptstadt, das als Wüstenei bekannt war, und zwar im Wirtshaus ›Zum schäumenden Krug‹.

Und heute nacht, genau wie in der vergangenen Nacht, schlich er durch die Straßen.

Nicht ziellos tat er es. Immer weiter entfernte er sich von der Wüstenei. Warum war er nur in die Thronstraße Erliks eingebogen? Er wußte es selbst nicht so recht. Hier fand er zwar Gleichgesinnte, und hier konnte er untertauchen, aber für einen ehrgeizigen Dieb war nichts zu holen. Dabei brauchte er dringend etwas, um die Speichellecker zu bestechen, die zwischen ihm und dem König standen, dessen geneigtes Ohr er sich erhoffte.

Die verschlungenen schmalen Straßen der Unterstadt waren selbst tagsüber düster, weil die hohen Häuser viel zu eng beisammen standen. In diesen armseligen Löchern hausten jene, die von der Obrigkeit gesucht wurden oder die vor dem Zorn von Herrschern Dutzender Länder oder Stadtstaaten geflohen waren. Hier hatten auch Diebe Zuflucht gesucht, denen es anderswo zu heiß unter den Füßen geworden war und die deshalb ihrem Handwerk nicht mehr hatten nachgehen können. Fahnenflüchtige, die sich Bärte wachsen ließen — oder deren Kinn nun nackt war, falls sie zuvor Bart getragen hatten —, und auch Söldner machten hier Zwischenstation, ehe sie sich anderswo anwerben ließen. Die Tempel Dutzender finsterer Kulte gab es hier, die anderswo kaum willkommen waren. Viele der Kulte in Shadizar verehrten keine

Götter, sondern dienten dazu, obszöne Riten auszuüben. Nächtliche Bettgefährten fand man in der Wüstenei in jeglichem Alter, angefangen von den gerade geschlechtsreifen bis zu klapprigen alten Huren. Sie boten sich den Sektierern genauso an wie den Vergnügungssüchtigen, jenen, die sich nur neugierig in dieser verrufenen Gegend umsehen wollten, den Flüchtlingen und Gesetzlosen. Taschendiebe und bewaffnete Unruhestifter trieben sich herum und lauerten ihren Opfern in Torbögen auf, die so schwarz wie ihre Seelen waren. Zu den gewerbsmäßigen Huren kamen auch noch andere jeglichen Alters, die ihre Dienste stundenweise verkauften, oder einen Beschützer mit starken Muskeln oder prallem Säckel suchten, um ihn anderswohin zu begleiten. Denn viele, die in Shadizar, der Verruchten, lebten, waren dort nicht glücklich und blieben nur notgedrungen, weil sie sich nirgendwo anders hinwagten oder sich nirgendwo sonst sehen lassen durften.

In der vergangenen Nacht hatte der hochgewachsene cimmerische Bursche neun Frauen abgewiesen (von denen eine gewiß sechzig oder älter gewesen war, während die jüngste nicht so ausgesehen hatte, als wäre sie überhaupt schon geschlechtsreif), vier Knaben und zwei Männer. Einer der letzteren war so aufdringlich gewesen, daß Conan sich ihn schließlich nur noch mit Gewalt vom Leibe hatte halten können. »Du solltest dich geschmeichelt fühlen!« hatte er zu dem Cimmerier gesagt, was der aber gewiß nicht tat.

In der gleichen Nacht hatte man Conan die grauenvollsten Riten des Tempels der reformierten und vereinten Set-Ischtar-Sekte erklärt, und die von ausschweifender Lüsternheit des Tempels der Derketa Cloaca. Er hatte gesehen, wie ein Junge von etwa dreizehn einen ungemein von sich überzeugten nemedischen Söldner tötete — und durchaus nicht hinterrücks. Später war er Zeuge gewesen, wie eine junge Frau, die anfangs hauchdünne rote Schleiergewänder und dann nichts mehr getragen hatte, hochgehoben und ordentlich versohlt worden war, ehe man sie zwei dunklen Stygiern überließ, die das blonde Mädchen eilig in ihre verwanzte Unterkunft schleiften.

Conan hatte sich geschworen, sich nirgends einzumischen. Er war in einer sehr wichtigen Sache hier: der Wiedergewinnung seiner Seele — und dazu mußte er erst zu größerem Reichtum kommen. Nein, er würde sich ganz sicher nicht mit den Problemen anderer befassen. Und er würde sehr wählerisch sein müssen mit dem Opfer, das er zu berauben gedachte.

Zu oft war er in letzter Zeit in Angelegenheiten verwickelt worden, die ihn eigentlich überhaupt nichts angingen. Er war allzu begehrt in Arenjun, wo man sich bemühte, seiner habhaft zu werden. Der Lauf der Dinge und seine Unerschrockenheit hatten die sich mit Magie befassende Bevölkerung Arenjuns um zwei Mann verringert und auch noch ihre prächtigen Behausungen zerstört. In der Keule, dem Diebesviertel von Arenjun, die ansonsten eine fast ehrbare Stadt war — im Gegensatz zu Shadizar, der Verruchten —, hatte man ihn gewarnt, daß er gesucht wurde.

Von den Männern der Stadtwache Arenjuns hatte einer seinetwegen den Tod gefunden, ein anderer war verwundet worden, und ein dritter hatte seinetwegen seinen Posten und sein Ansehen verloren, und das alles in einer einzigen Nacht vor etwa zwei Monaten. Der ehemalige Streifenführer der Stadtwache und seine Freunde waren heimlich hinter dem Cimmerier mit den vulkanisch blauen Augen her, und die uniformierten Stadtwachen im Auftrag der Obrigkeit ebenfalls, genau wie ein nichtuniformierter Beauftragter. Und dann erfuhr er, daß auch noch ein alter Mann aus dem fernen Iranistan hinterhältige Fragen über den Aufenthalt und die Gewohnheiten eines gewissen Cimmeriers stellte.

Zu diesem Zeitpunkt hatte Conan sich entschlossen, Arenjun zu verlassen, da es bedauerlicherweise zu klein und unsicher für ihn geworden war.

Mit seinen neu erworbenen Besitztümern hatte er der Stadt nachts den Rücken gekehrt. Er ritt nordwärts nach Shadizar. Eine sehr willige Freundin hätte ihn gern begleitet, aber Conan teilte ihre Willigkeit nicht.

Er hatte nicht den direkten Weg genommen, sondern die Straße der Könige gemieden, die die beiden zamorianischen Städte miteinander verband, und war auf Umwegen nach Shadizar gekommen.

Zwar war Shadizar die Hauptstadt, und die Wachen am Tor waren mißtrauisch, aber befand man sich erst einmal in der Stadt, hatte man kaum peinliche Fragen von irgend jemandem zu befürchten. Dazu waren viel zu viele hier, die zu viel zu verbergen hatten. In Shadizar handelte man nach dem Motto: »Stell keine Fragen, wenn du nicht möchtest, daß man sie dir stellt!« In Arenjun wußte man nie, wer gerade irgendwelche Komplotte schmiedete und wer für einen gefährlich war. In Shadizar konnte man von vornherein annehmen, daß alle gerade irgend etwas Ungesetzliches ausbrüteten, daß alle irgendwelchen Lastern nachhingen und von Grund auf verderbt und verrucht waren. Conan gefiel Shadizar besser. Es fiel ihm nicht schwer, jederzeit vor jedem auf der Hut zu sein.

Während er nun durch die nächtlichen Straßen dieser Stadt schritt, lächelte er grimmig. Übungshalber schoß seine Rechte über den muskulösen Bauch, um das Schwert zu ziehen. Innerhalb eines Herzschlags durchschnitt die Klinge die Luft. Lächelnd steckte er sie zurück in ihre geölte Scheide.

»Es gibt hier nichts, was des Stehlens wert wäre«, brummte er vor sich hin. »Am besten, ich kehre in die Oberstadt zurück.«

Die Sache mit dem Auge Erliks — die noch nicht abgeschlossen war — und die mit dem Zauberer Hisarr Zul — die zu Ende war — hatten ihm zumindest ein bißchen etwas eingebracht. Des Zauberers brennende Festung hatte er mit mehreren Waffen und einem Ballen guten Stoffes, den er im letzten Augenblick noch mitgenommen hatte, verlassen. Außerdem hatte er noch zwei Pferde und ebenso viele Kamele gehabt und ein wenig Diebesgut aus dem fernen Samara, das er als Recht des Siegers von zwei Dieben geerbt hatte. Die Pferde waren immer noch in seinem Besitz. Ein junges Mädchen von erstaunlichen Fähigkeiten und eine ältere, weit gerissenere Frau aus Arenjun hatten dem jugendlichen Bezwinger von Zauberern geholfen, sich der mürrischen Kamele und des Silbers, das sie einbrachten, zu entledigen, genau wie noch einiger anderer Dinge mehr. Geblieben waren ihm sowohl die Erinnerung und eine neue Philosophie über Frauen, als auch ein Schwur, von dem er ehrlich glaubte, ihn halten zu können — genau wie viele andere junge Männer sich das vor ihm eingebildet hatten.

Die Wachen am Stadttor von Shadizar und der Wirt des Gasthauses ›Zum schäumenden Krug‹ waren dafür verantwortlich, daß auch der Rest seiner samaritischen Beute bereits den Weg alles Vergänglichen genommen hatte. Und nun war er seit zwei Tagen in der verruchten Stadt.

Zwei Abende hatte er das Wirtshaus gleich nach Sonnenuntergang verlassen und war durch die Hauptstadt von Zamora gewandert.

Niemand hatte versucht, sich mit ihm anzulegen. Obwohl sowohl seiner Haltung und der glatten Haut über den festen Muskeln der Arme, als auch dem ungezeichneten Gesicht seine Jugend anzusehen war, war man offenbar vor seiner kräftigen Statur zurückgeschreckt und auch vor seinen Waffen. Die Scheide aus Pferdeleder an seiner linken Hüfte war abgegriffen, und der unverzierte Griff, der herausragte, deutete auf ein brauchbares Schwert hin. Auch der Elfenbeingriff seines Dolches wies keinerlei Verzierung auf. Ein Blick in seine Augen, eine schnelle Einschätzung seiner Statur, seines Ganges, seines wachsamen Blikkes, der schnellen Hände und mächtigen Gelenke unter den gewaltigen Armmuskeln, riet jedem, der auch nur die Möglichkeit ins Auge gefaßt hatte, ihn zu überfallen, sich lieber ein anderes Opfer zu suchen. Etwas an diesem jungen Mann verriet, daß er den Dolch für etwas anderes, als Braten zu schneiden, benutzte. Und gewiß war das Schwert scharf, wurde mit Erfahrung und Kraft geschwungen und war schon öfter als einmal von roten Flecken gesäubert worden.

Conan kundschaftete, suchte. Er ging seinem Geschäft nach.

Zu diesem Geschäft gehörte Stehlen. Über gewöhnliche Diebe fühlte er sich erhaben. Er war flink, lautlos und konnte klettern wie eine Katze. Zu seinem selbsterwählten Beruf gehörte eine genaue Vorbereitung — Auskundschaften und Beobachten — nach der Art eines guten Generals oder militärischen Spions. Später einmal würde er sowohl das eine als auch das andere werden, gegenwärtig jedoch war er noch nicht einmal ganz achtzehn und hatte noch viel zu lernen, was er auch tat.

Er war ein behender, gewandter Dieb, der sich Wachsamkeit und eine gewisse Schlauheit angeeignet hatte — nicht ohne Preis. Jedenfalls wünschte er sich, er hätte nie versucht, in Yaras Turm des Elefanten* oder in die Festung von Hisarr Zul, dem Zauberer**, einzusteigen.

Er erreichte das Ende der Thronstraße Erliks und sah jetzt, wovor das Mädchen geflohen und ihn gewarnt hatte.

Weshalb die Querstraße Khauran genannt wurde, wußte er nicht, auch nicht, wem die prunkvolle, verhängte Sänfte gehörte, die an der Nordwestmauer abgestellt war. Es interessierte ihn auch nicht. Auch wußte er nicht, ob jemand in der Sänfte saß, und wenn ja, ob diese Person noch am Leben oder tot, verwundet oder ohnmächtig war. Eines jedoch wußte er: daß der Fremde, der sich nachts durch diesen Stadtteil tragen ließ, sehr unüberlegt, ja dumm sein mußte. Zwei Männer hatten die Sänfte getragen und ein dritter hatte sie als Wächter begleitet. In der Wüstenei der Unterstadt genügten drei jedoch nicht, um so weniger, wenn zwei davon nicht im Umgang mit Waffen ausgebildet waren.

Ein Sänftenträger lag in einer Blutlache auf der Straße, als sich Conan näherte. Der andere floh den Khauranweg hinauf wie jemand, der erst wieder Atem holen wollte, wenn er die östlichen Berge von Brythunien, Zamoras nördlichem Nachbarland, erreicht hatte.

---

* DER TURM DES ELEFANTEN in *Conan,* HEYNE-BUCH Nr. 06/3202

** *Conan und der Zauberer,* HEYNE-BUCH Nr. 06/4006

Keiner der vier Räuber, oder was immer sie waren, verfolgte ihn. Drei bedrängten den schwer bewaffneten und helmgeschützten Wächter, der mit dem Rükken zu einer Hauswand stehend mit dem Schwert horizontale Achten schwang, und zwar tief genug, um sich seine Gegner vom Leib zu halten. Aber das würde er auf die Dauer nicht durchhalten, und das wußten die Angreifer. Der vierte, der neben dem toten Sänftenträger gekniet hatte, erhob sich gerade, um sich ihnen anzuschließen. Er trug einen Küchendolch und zusätzlich ein Messer. Der zweite hielt eine blutverschmierte Klinge von der Länge seines Unterarms. Zwei der anderen besaßen Schwerter, obgleich diese sehr teuer waren. Der vierte, zur Rechten des schwer bedrängten Wächters, war ebenfalls mit zwei Dolchen bewaffnet.

»Kümmere dich nicht um uns«, sagte einer der Angreifer zum vierten. »Er entkommt uns nicht mehr. Zieh du lieber den Hasen aus seinem Bau und befrei ihn von seinem Glitzerzeug. Wenn er sich wehrt, dann sieh zu, daß er verstummt. Uh!«

Der Sprecher war zu unaufmerksam geworden und hatte sich halb zu seinem Kameraden mit dem Dolch umgedreht. Der Wächter, der kein zu unterschätzender Gegner war, machte einen Schritt vorwärts, gerade genug, um die Spitze seines Schwertes über den Hals des Unaufmerksamen zu streichen. Der wich nach seinem ›Uh‹ zurück, unfähig noch etwas zu sagen, ließ seine Waffe fallen und drückte die Hand auf die Wunde. Gurgelnd und röchelnd torkelte er noch weiter zurück, bis er zusammensackte.

Ich grüße dich, Krieger, dachte Conan und fand, daß es Zeit war, den Rat des fremden Mädchens zu befolgen und zur Oberstadt zurückzukehren.

In diesem Augenblick zog der Räuber mit dem blutigen Dolch den Sänftenvorhang zur Seite und gestattete so einen Blick ins Innere. Eine ring- und armbandgeschmückte Hand wurde sichtbar. Der Dieb schrie schmerzerfüllt auf, als seine Hand der Hieb einer kurzen Klinge traf, deren juwelenbesetzter Griff im Schein einer einsamen Straßenlampe aufblitzte.

Also saß eine Frau in der Sänfte, und eine sehr wohlhabende noch dazu, schloß Conan sofort. Das Armband war zweifellos aus Gold, und die Edelsteine schienen wertvoll, genau wie die Ringe und der Dolch! Jemandem wie ihr zu helfen, mochte mehr einbringen als ein Diebstahl und war vermutlich weniger gefährlich, nach dem Aussehen der drei übriggebliebenen zerlumpten Räuber zu schließen.

Eine Schwierigkeit ergab sich, noch während der Cimmerier überlegte. Der Räuber drückte die blutende Hand gegen seinen schmutzigen Kittel und machte sich offenbar daran, seine lange Klinge durch den Sänftenvorhang zu stoßen.

Was Conan brüllte, spielte im Grund genommen keine Rolle, möglicherweise war es KAWAAAAHHH! oder etwas Ähnliches. Nur das Löwengebrüll als solches war wichtig. Und noch während es durch die Stille schallte, rannte er bereits. Natürlich unterbrach der Räuber an der Sänfte sein Vorhaben, um über die Schulter zu blicken.

Er sah ein Muskelpaket von gut sechs Fuß mit flatternder schwarzer Mähne auf sich zustürmen. Der Neuankömmling hatte den Arm mit einem langen Schwert leicht schräg ausgestreckt. Überrascht drehte der Räuber sich ganz um, statt davonzulaufen. Conan mußte zweimal zuschlagen. Der erste Hieb traf den Dolch des anderen mit solcher Kraft, daß er ihm entglitt, laut klirrend gegen die Steinmauer hinter der Sänfte prallte und funkensprühend auf den Boden fiel, wo er noch einmal klirrend aufprallte und dann liegenblieb.

Conans zweiter Hieb war eigentlich nur der Rückschwung des ersten, aber er saß. Der Zerlumpte war noch nicht einmal zusammengesunken, als Conan, der wußte, daß er von ihm nichts mehr zu befürchten hatte, herumwirbelte und mit eisig-blauen Augen die beiden anderen Räuber musterte.

Sie hatten zwar den sich wehrenden Wächter noch nicht bezwungen, der — wie Conan beeindruckt feststellte — nach wie vor mit gleicher Kraft die Klinge sausen ließ. Aber sie waren auch nicht im geringsten verwundet.

»Welcher von euch will meine Klinge als erster fühlen?«

In so wildem, gefährlich drohendem Tonfall stellte der Cimmerier diese Frage, daß sich ihm zweifellos alle zugewandt hätten, selbst wenn statt der zwei zwanzig vor ihm gestanden hätten. Einer der Räuber war klug genug, ein paar Schritte zur Seite zu springen, ehe er sich umdrehte. Der andere dagegen verrenkte sich den Hals, um über die Schulter zu blicken.

Wieder sah der Sänftenwächter eine Gelegenheit gekommen und nutzte sie. Es war ein gelungener Hieb. Genau wie dem anderen zog er auch diesem Dieb die Schwertspitze über den Hals. Das genügte. Der Mann hauchte sein Leben aus.

Grinsend wie ein knurrender Wolf sprang Conan bis auf drei Fuß vor den anderen Räuber und wandte dem Wächter die ungeschützte linke Seite zu. Er blickte durchdringend in die Augen des schwertschwingenden Räubers in der schmutzigen braunen Tunika —

der an diesem Abend mit drei Kameraden aufgebrochen und nun ganz allein war.

»Nimm dich deiner Herrin an«, sagte Conan zum Sänftenwächter, ohne den Blick von seinem selbstерwählten Gegner zu nehmen.

»Ha!« Der Straßenräuber, höchstwahrscheinlich ein Kothier, schlug nach dem Cimmerier, der seitwärts auswich und beobachtete, wie das Schwert neben ihm vorbeizischte und im Rückschwung sirrte. Es wirkte unbeholfen. Der Bursche schien wenig vom Fechten zu verstehen, er hatte das Handgelenk viel zu spät gedreht. Wahrscheinlich ist er kein schlechter Dieb, dachte Conan, aber als Schwertkämpfer ist er ein Versager.

»Mach dich lieber aus dem Staub«, hörte der erstaunte Kothier ihn sagen.

»He! Überlaß das mir!« protestierte der Wächter. »Ich werde bezahlt ...«

»Heute abend«, knurrte Conan, während er sich zwar auf den Dieb konzentrierte, aber den Wächter meinte, »wurdest du von einem Auftraggeber bezahlt — der entweder zu geizig oder zu dumm ist, um für genügend Schutz in diesem Stadtteil zu sorgen. Du wärst hier nicht mehr lebend herausgekommen, Shemit! Denk darüber nach! Und jetzt kümmere dich um deine herzlose Herrin, ehe sie sich mit einem ihrer wertvollen Edelsteine schneidet — *hah!*«

Letzteres galt dem Versuch des einzigen überlebenden Diebes, Conan mit weitausholendem Schwert den Kopf abzuschlagen. Dieser Hieb verwandelte des Kothiers Klinge in einen horizontalen Silberstreifen.

Auf beiden Knien warf Conan sich zu Boden. Er hörte den Luftzug der vorbeisausenden Klinge unangenehm nah über seinem Kopf. Und dann zeigte der

Cimmerier dem kothischen Dieb, wieso ein solcher Hieb unklug war und auch viel zu riskant. Er richtete sich auf, und ehe der Dieb verzweifelt zum Rückschwung ansetzte, stach Conans Klinge bereits geradeaus zu.

Der Rückschwung fand nicht mehr statt. Des Kothiers Arm zuckte, seine Augen weiteten sich vor Schmerz und Entsetzen, und sein Atem kam in gequältem Schluchzen. Unwillkürlich zog er sich von dem kalten Stahl zurück und prallte gegen eine Lehmziegelmauer. Sie allein stützte ihn noch. Finsteren Blikkes beobachtete Conan ihn.

Der Arm des Räubers sank schlaff herab, der Schwertgriff entglitt den schwächer werdenden Fingern. Genauso langsam rutschte der kothische Dieb von Shadizar an der Wand entlang auf den Boden. Sein Kopf hing auf die Schulter, und die leblosen Augen stierten vor sich hin.

Conan kehrte zu seinem ersten Gegner zurück und sah, daß er sich in Schmerzen wand.

»Das wird nie wieder heilen!« brummte er. »Aber du sollst dich nicht länger quälen müssen.« Er gab dem Räuber den Gnadenstoß und wischte die Klinge an der Kleidung des Toten ab.

»Bei Ischtar!« entfuhr es dem Wächter. »Wieviel Blut du vergießt!«

Conan betrachtete den großen jungen und durchaus nicht häßlichen Mann im Helm mit gelbem Federbusch und in feiner kothischer Kettenrüstung, obgleich er ganz sicher kein Kothier war.

»Ich hatte nur Erbarmen mit ihm«, sagte Conan ruhig und holte tief Atem, um seiner Stimme die Aufregung des Kampfes zu nehmen. »Gibt es denn in Shem kein Erbarmen? Würdest du einen Menschen lieber eines qualvollen, unendlich langsamen Todes sterben lassen?«

In diesem Augenblick riß die ringgeschmückte Hand der Frau in der Sänfte die Vorhänge zur Seite. Die Frau streckte den Kopf hastig heraus und wurde ohnmächtig.

2

ANSTELLUNG FÜR EINEN DIEB

Conan schaute sich um. Nichts rührte sich in der Khaurangasse und auch nicht auf der Thronstraße Erliks. Zweifellos hatten die Bewohner der anliegenden Häuser das Kampfgetümmel gehört, aber sie waren nicht nur nicht zur Hilfe geeilt, sondern hatten vermutlich auch noch alle Lichter in den Häusern gelöscht. Und jeder, der beabsichtigt hatte, die beiden Straßen zu betreten, war schnell wieder umgekehrt.

Jetzt blickte er auf die Frau, die noch halb aus der Sänfte hing. Sie sah wahrhaftig ungewöhnlich aus. Conan war sicher, daß er ihre Heimat noch nicht besucht und auch niemanden von dort bisher kennengelernt hatte.

Ihr schwarzes Haar war so hochgesteckt, daß die seidig glänzende Pracht offensichtlich um einen Kegel auf ihrem Kopf gewunden sein mußte. Perlenstränge waren eingeflochten, und im nächtlichen Dunkel blitzten und funkelten Edelsteine, die vermutlich die Köpfe langer Nadeln waren. Ein hoher Kragen aus Golddraht und Goldstoff, der mit unzähligen Perlen besteckt war, bedeckte ihren Hals und den oberen Teil der Brust, während der Busen selbst von fast durchsichtiger weißer Seide umhüllt war. Der breite Gürtel darunter war ebenfalls dicht mit Edelsteinen besetzt und hielt einen langen weiten blaßgelben Rock, der zumindest auf der sichtbaren Seite einen hohen Schlitz aufwies. Das Bein, das dadurch offenbart wurde und sich gerade aus der Sänfte schob, war wohlgeformt, und der Fuß in goldener Sandale zierlich. Der hohe Absatz klickte, als die Frau ihn auf dem Pflaster absetzte. Golddraht war durch beide Ohrläppchen gezogen, von denen je zwei Stränge mit vier großen Perlen baumelten. Durch jahrelanges Tragen einer so wertvollen Last waren die Ohrläppchen stark in die Länge gezogen. Das Gesicht, das etwas geschwächt zu Conan hochblickte, gehörte einer Frau von etwa vierzig. Es war ein nicht gerade hübsch, aber angenehm aussehendes Gesicht mit feinen Wangenknochen und erstaunlich schönen Augen unter langen schwarzen, mit Lack gesteiften Wimpern. Beide Arme waren gut zur Hälfte unter Edelsteinen verborgen.

»Einer Eurer Träger ist geflohen«, erklärte ihr Conan. »Und der andere dürfte tot sein. Ich verstehe nicht, wie Ihr Euch mit all diesen Edelsteinen, die wie Kronjuwelen aussehen, überhaupt hierhergewagt habt — und mit nur einem Wächter noch dazu!«

Sie blickte ihn unter diesen langen steifen Wimpern an. Sie glitzerten.

»Oh — Ihr seid sehr jung, nicht wahr?«

Conan blickte sie kopfschüttelnd an. »Ausgerechnet das müßt Ihr zu mir sagen!« Er betrachtete ihren Leibwächter.

»Wer bist du?« fragte der Mann.

»Und dir fällt auch nichts Besseres ein!« brummte Conan. »Ihr lebt beide nur noch, weil ich eine Warnung, dieser Gegend fernzubleiben, mißachtet habe, aber etwas Gescheiteres, als daß ich jung und euch unbekannt bin, bringt ihr nicht heraus.«

Aus den Augenwinkeln bemerkte er eine Bewegung. Er blickte seitwärts hinunter und sah, daß sich ihm eine Hand entgegenstreckte, eine Hand mit vier Ringen, obgleich Daumen und Zeigefinger unberingt waren. Die Fingernägel waren scharlachrot. Conan ließ sich absichtlich Zeit, sein Schwert in die Hülle zurückzuschieben. Erst als die ausgestreckte Hand zu schwanken begann, nahm er sie und half der, der sie gehörte, aus der Sänfte. Zwar war ihr shemitischer Wächter fast so groß wie Conan, aber sie war erstaunlich klein. Möglicherweise waren alle ihres Volkes von so kleinem Wuchs, und sie trug nur deshalb eine so hohe Frisur, um etwas größer zu wirken.

»Ich bin Lady Khashtris von Khauran. Und das ist mein Leibwächter Shubal. Wir sind Euch wahrhaftig außerordentlich dankbar. Zieht an meinen Ringen, dann lassen sie sich von meinen Fingern lösen.«

»Ich bin Conan, ein Cimmerier. Ich werde Euch ganz sicherlich nicht Eurer Ringe berauben, Lady Khashtris.«

Sie gab seine Hand frei und benutzte ihre andere, um sich selbst drei der vier Ringe abzustreifen. Sie hielt sie Conan entgegen. Nach kurzem Zögern nahm er sie als Belohnung für die Lebensrettung.

Und das sprach sie jetzt auch aus. »Ihr habt mir das Leben gerettet, Conan von Cimmerien. Und sein Leben ebenfalls.« Sie deutete auf den Shemiten. »Was ist da dieser Tand dagegen!«

Conan öffnete die Faust, um die glitzernden geschliffenen Steine zu betrachten. »Wollt Ihr damit sagen, daß die Ringe nicht aus Gold und Silber mit Topas, Mondstein und Rubin sind?«

»Nein, das wollte ich nicht sagen. Die Ringe sind selbstverständlich echt und wertvoll, aber jetzt eben nur ein kleines Zeichen meiner Dankbarkeit. Wir kamen von Khauran hierher, um Schönheitsmittel und andere seltene Dinge aus den östlichen Ländern zu erstehen. Obgleich einer meiner Wächter krank war, war ich so töricht, mir gerade diese Straße — die Khaurangasse — ansehen zu wollen, ehe wir morgen in unsere Heimat zurückkehren. Ein zweiter Wächter nahm die Beine in die Hand und floh, als wir angegriffen wurden. Ihr habt ihn wohl nicht gesehen, nehme ich an. Ich bin gar nicht so geizig und herzlos, wie Ihr glaubt. Und Shubal ist bestimmt einer der zwei tapfersten Männer in Shadizar. Er stellte sich den vier Räubern, obwohl er wußte, daß es schließlich seinen Tod bedeuten würde. Ich würde es als großes Glück betrachten, Conan von Cimmerien, wenn Ihr möglicherweise gerade eine Anstellung suchtet, zu — sagen wir — zwanzig Stück des besten Silbers für den nächsten Monat, dann hätte ich beide der tapfersten Männer in Shadizar zu meinem Schutz gegen die gefährlichen Gesetzlosen dieser verruchten Stadt, die mir fremd ist und so ganz anders als unser freundliches Khauran.«

Etwas langatmig und übertrieben, dachte Conan, obwohl er sich durch Khashtris' hübsche Worte durchaus geschmeichelt fühlte. Außerdem schien sie sie ernst zu meinen. Er befürchtete nur, daß er Khaurans — wenn dort alle so umständlich redeten wie sie — bald müde sein würde, in einem Monat, möglicherweise ... Es hatte ihn nicht in Verlegenheit gebracht, und er empfand es auch nicht als Grund zur Beunruhigung, daß sie seine Worte über ihre scheinbare Herzlosigkeit und ihren Geiz zitiert hatte. Hätte sie Ärger darüber gezeigt, würde er sich entschuldigt haben. Doch da sie es nicht getan hatte, hielt er eine Entschuldigung auch nicht für erforderlich.

»Ihr spracht davon, uns beide als Leibwächter anzustellen«, sagte er und bemerkte den finsteren Blick, mit dem Shubal von Shem ihn bedachte.

»Ganz richtig.«

»Und Shubal, der sah, wie Ihr mich belohnt habt, bekommt doch gewiß ebenfalls eine Belohnung als tapferster Mann in Shadizar?«

Lady Khashtris von Khauran nickte. »Selbstverständlich. Ihr nehmt kein Blatt vor den Mund, nicht wahr, Conan von — Cimmerien, richtig? Ist das eine Stadt?«

»Ein Land«, erklärte ihr Conan mit betontem Stolz. »Es liegt nördlich von Aquilonien — und dem Grenzkönigreich. Es ist etwa doppelt so groß wie Zamora«, fügte er ein wenig aufschneidend hinzu. »Ist Khauran eine Stadt?«

Der Shemit wandte das Gesicht ab, damit seine Herrin sein Lächeln nicht sähe. Er wußte, daß Cimmerien, Zamora und Khauran leicht in Shem Platz hätten, und außerdem sogar noch Khoraja und möglicherweise ein weiteres Land unterzubringen wären.

»Ein Land«, antwortete Lady Khashtris gelassen, »etwa halb so groß wie Zamora. Es tut mir leid, Conan, daß ich Euer Heimatland nicht kenne. Aber seht Euch doch in meinem um und erzählt mir ein wenig von Eurem. Wir brechen morgen nach Khauran auf. Seid Ihr bereit, Euch uns anzuschließen?«

»Nun, ich nehme an, ich könnte meine Angelegenheiten bis morgen — hm, gegen mittag — geordnet haben«, erwiderte er nicht weniger gleichmütig. »Ich habe zwei Pferde, aber mein Kettenhemd ist leider gerade in Reparatur.«

Die Augen Khashtris' von Khauran blickten ihn unter den geschwungenen Brauen und steifen Wimpern an. »Auch wir haben Pferde — doch keine Träger.«

»Ihr reitet nicht, Lady?«

»Nein, ich reite nicht.« Sie schaute auf die Sänfte und zurück zu ihrem Lebensretter, dem aufgefallen war, daß sie vermied, auf die Toten vor ihnen zu blikken. »Was die heutige Nacht betrifft ...«

»Leibwächter einer edlen Lady«, sagte Conan, »tragen natürlich keine Sänften. Wenn Ihr jedoch zu Fuß gehen würdet, nähme ich Eure Sänfte mit.« Ohne auf ihre Überraschung und Verwirrung zu achten, hob er die leere Sänfte mit offensichtlicher Leichtigkeit auf eine Schulter. Dann wandte er sich an den Shemiten: »Shubal, du hast dich gut gehalten gegen diese Straßenräuber! Keine Feindschaft herrscht zwischen Shem und Cimmerien und Khauran.«

»Genausowenig wie zwischen uns, Conan«, versicherte ihm der hochgewachsene Shemit, dessen Mißmut gleich geschwunden war, nachdem Conan Khashtris dazu gebracht hatte, auch ihm eine Belohnung zu versprechen.

»Meine Lady.« Conan verneigte sich leicht vor ihr und beugte sich unter seiner Last ein wenig nach rechts. »Ihr wart sehr tapfer. Wohin geht's jetzt? Zu Eurer Herberge?«

»Shubal«, sagte sie. »Nein, wartet, folgt mir und nehmt mich in die Mitte. Ich werde Conan den Weg weisen. Wollt Ihr bei uns übernachten, Conan?«

»Ich habe meine eigene Unterkunft«, antwortete er. Da wurde ihm klar, daß er noch einen beträchtlichen Weg zurückzulegen hatte. Sein Wirtshaus ›Zum schäumenden Krug‹ war zwar nur ein paar Straßen entfernt, aber zweifellos wohnte die Edelfrau in der Oberstadt in vornehmerer Umgebung.

Sie schritten die Thronstraße Erliks hoch: der shemitische Leibwächter in seiner feinen Rüstung, der

riesenhafte, bronzegebräunte und schwarzhaarige cimmerische Dieb mit der gekippten Sänfte auf der Schulter, und zwischen ihnen die kleine, schwer mit Juwelen behangene Frau mit hohen Absätzen, die bei jedem Schritt klickklack machten, und der kunstvollen Frisur, die fast einen Fuß über ihren Kopf ragte.

In der besser beleuchteten Gegend waren auch noch andere Leute unterwegs. Fast alle betrachteten die drei staunend, aber niemand versuchte sich mit diesem ungewöhnlichen Trio anzulegen. Und natürlich hatte Conan recht gehabt: das Wirtshaus ›Zum durstigen Löwen‹ befand sich fast am anderen Ende der Oberstadt, und er hatte einen sehr weiten Rückweg. Den Rest der Nacht, für den er seinen Topasring opferte, verbrachte er mit einer Shadizarerin mit mehr Bemalung und billigem Flitter als Kleidung oder Kultur. Aber jedenfalls war sie über das Mädchenalter hinaus und brachte Conan eine Menge bei. Da sie von seiner Jugend und seinem kräftigen Bau — ganz zu schweigen von dem Ring aus purem Gold mit echtem Stein — begeistert war, war der Austausch oder Handel für beide durchaus befriedigend. Jedenfalls bereuten weder er noch sie die Nacht.

Am nächsten Tag mußte Conan, der überhaupt kein Kettenhemd besaß, sich von Khashtris' Rubinring trennen. Rüstungen waren nicht billig. Außer für einen turanischen Spitzhelm mit Kettenschulterkragen, einen wallenden weißen Umhang, einen Lendenschutz aus Kettengliedern über Leder und Stoff reichte es nur noch für ein kaum hüftlanges ärmelloses Kettenhemd. Doch großzügig legte der Kaufmann, der über den Ring sehr erfreut war, noch ein dickgepolstertes Wams dazu, das Conan unter dem dreißig Pfund schweren Kettenhemd tragen konnte.

Der Cimmerier erkundigte sich bei dem Kaufmann auch, ob er ihm nicht zwei Sänftenträger für eine nicht sehr viel wiegende Edeldame besorgen könnte, ohne deren Nationalität oder ihr Ziel zu nennen. Der Kaufmann riet ihm zu zwei ophireanischen Brüdern, die gerade ohne Anstellung und in letzter Zeit von Pech verfolgt gewesen waren. Conan stellte ihnen — und noch ein paar anderen — einige wohlüberlegte Fragen und erklärte jedem einzelnen, bei einem Mangel an Loyalität hätte sein Auftraggeber die unangenehme Arbeit, sich viel Blut von der Klinge wischen zu müssen.

Das Kettenhemd war neu, während der Helm zweifellos bereits den Kopf zumindest eines schwarzbärtigen, jetzt toten Mannes geziert und geschützt hatte. Conan gefiel beides gut. Er fand, daß ihr Gewicht und Glanz etwas Männliches hatten.

Er gab eine bemerkenswerte Figur ab, und das wußte er auch, als er derart gerüstet durch Shadizar ritt. Er saß auf einem Pferd und führte das zweite neben sich am Zügel. Zwei Gefolgsleute — zumindest sah es so aus — aus dem Weideland einer Nation, deren Ritter häufig vergoldete Rüstungen ihr eigen nannten, begleiteten ihn. Die beiden trugen ärmellose Wämser in Safrangelb und Blau, feine Lendentücher, lange Dolche, kniehoch geschnürte Sandalen und ihre natürliche Zier — dichtes Haar.

Conan hatte das Kinn nach vorn geschoben, und unwillkürlich begutachtete er die Fenster im ersten Stock. Wie dumm von mir, tadelte er sich selbst. Schließlich war er ja jetzt kein Dieb mehr. Er hatte eine Auftraggeberin, deren Mondsteinring er am kleinen

Finger trug, eine Anstellung als Leibwächter einer Edeldame. Was hätte er getan, wenn es nicht dazu gekommen wäre? Wäre er in den Tempel in der Thronstraße Erliks eingebrochen, wo man weiße Kätzchen blutigrot dem gelbäugigen Todesgott opferte?

Conans Mundwinkel zuckten, ohne daß er wirklich lächelte.

Erlik!

Seine Rechte hob sich zu dem Anhänger an einem Lederband um seinen Hals. Das Amulett, das er unter Kettenkragen, Wams und Kettenhemd trug, war nichts Besonderes: ein rautenförmiges, glasiertes Tonstück mit wertlosem Glasstein als Schmuck. Das Amulett eines Barbaren, das — wie jeder annehmen würde — er aus reinem Aberglauben trug. Und jedermann konnte sehen, daß es keinen wirklichen Wert hatte.

Conan verzog spöttisch die Lippen. Keinen Wert — ha! Mehrere Menschen waren seinetwegen gestorben, einschließlich eines mächtigen Zauberers, und die Herrscher von zumindest zwei fernen Ländern suchten es verzweifelt. Geschickt hatte der Cimmerier das kostbare zamboulische Amulett getarnt, das man das Auge Erliks nannte. Und so würde es auch bleiben, eingebettet in Ton, bis er sich klar war, was er mit diesem Ding tun würde, das er von einem Zauberer aus Zamboula hatte, der zuletzt in Arenjun gelebt hatte, aber jetzt — nicht ohne Conans Nachhilfe — tot war.

Das Auge Erliks, dachte er grübelnd. Im Augenblick war es nicht so wichtig für ihn, etwas anderes war weit wichtiger, etwas, das mit seiner Seele zusammenhing. Unwillkürlich tastete er nach hinten, um das sorgfältig umhüllte Päckchen hinter dem Sattel zu berühren, das wie ein lederbezogenes Kissen iranistanischer Art aussah. Aber zweifellos war kein Kissen einem Menschen je von solcher Bedeutung gewesen.

Damit beschäftigten sich Conans Gedanken, während er durch Shadizar zum ›Durstigen Löwen‹ ritt, begleitet von den zweien, die er im Auftrag seiner gegenwärtigen Arbeitgeberin angemustert hatte. Er hielt Lady Khashtris nicht für fähig, sich gute Leute auszuwählen — außer, was ihn betraf, natürlich —, denn sonst wären ihr in der vergangenen Nacht nicht ein Leibwächter und ein Sänftenträger davongelaufen.

Im Wirtshaus stellte er enttäuscht fest, daß Khashtris von Kopf bis Fuß in dicke weiße und gelbe Reisegewänder gehüllt war. Sie und Shubal waren aufbruchsbereit — mit zwei neuen Trägern, die sie inzwischen selbst besorgt hatten. Beide waren Shadizarer, obgleich ein Elternteil des einen zweifellos aus Stygien gestammt haben mußte.

»Gut«, brummte Conan. »Wir brauchen sowieso vier Träger, damit sich jeweils zwei ablösen können. Wollen wir hoffen, daß sie auch im Kampf ihren Mann stellen, wenn es nötig sein sollte.«

Niemand widersprach ihm. Er war groß und kräftig, verstand es sich durchzusetzen und sah auch nicht schlecht aus. Lady Khashtris wiederum war reich und verließ sich, trotz seiner Jugend, auf Conans Wort. Immerhin hatte er ihr ja das Leben gerettet und machte eine beeindruckende Figur in seinem ärmellosen Kettenhemd.

»Was ist mit dem Leibwächter, der gestern davongelaufen ist?« fragte Conan.

»Der jämmerliche Feigling hat sich nicht mehr sehen lassen«, antwortete Shubal.

»Das hatte ich auch nicht erwartet.« Er und Shubal wechselten einen Blick und ein grimmiges Lächeln. Es bedeutete, daß die beiden Männer, die mit vier Gegnern fertiggeworden waren, es dem Burschen nicht raten würden, sich blicken zu lassen, wenn er Wert auf sein Leben legte.

Der andere Leibwächter war seiner Verwundungen wegen nicht reisefähig. Er würde später allein nach Hause folgen müssen, wenn er dazu imstande war. Khashtris konnte nicht auf ihn warten, da ihre Kusine einige der Mittel benötigte, die sie hier erstanden hatte. Conan nickte und betrachtete abschätzend die vier schwerbeladenen Packtiere und dann Shubals Pferd, einen edlen Fuchs, der selbst eines aquilonischen Ritters würdig gewesen wäre. Großmütig erlaubte der Cimmerier, daß die gerade freien Sänftenträger abwechselnd auf seinem Packpferd reiten durften.

»Es wäre alles viel einfacher, wenn auch Frauen reiten würden«, sagte er, während er und Shubal Khashtris in ihre Sänfte halfen mit den gelben Vorhängen, die mit rote Früchte tragenden grünen Bäumen bestickt waren.

»Khauranisches Edelvolk setzt sich nicht auf ein Pferd«, erklärte sie mit natürlicher Würde, die weder hoffärtig noch beleidigend war.

»Auch die Männer nicht, Lady?« erkundigte sich Conan.

»Nur wenn sie in die Schlacht ziehen.«

Conan nickte. »Lady — gestattet, daß ich frage, ob die edle Lady Khashtris den König von Khauran kennt?«

Sie seufzte und betrübte Nachdenklichkeit zeichnete ihre Miene. »Khauran der unglücklichen Königinnen hat keinen König«, antwortete sie. »Die Königin ist die Tochter meiner Mutter Schwester.«

Conans Gesicht leuchtete erfreut auf. Seine Arbeitgeberin war die Kusine einer Königin! Der schreckliche Diebstahl, den Hisarr Zul an ihm begangen hatte, konnte nur durch jemanden wieder gutgemacht werden, der eine Krone trug. Wie hatte der zum Sandleichnam verdammte Zauberer, dem er schließlich die Erlösung gebracht hatte, genau gesagt? Eine gekrönte Persönlichkeit! Davon, daß es ein Mann, ein König sein mußte, war keine Rede gewesen. Conan blickte Lady Khashtris ernst an und sagte eindringlich:

»Lady, es gibt etwas, das nur Eure Kusine für mich tun kann. Es ist einfach für sie und kostet sie nichts, für mich aber bedeutet es alles. Wenn Ihr mir helft, daß sie es tut, gebe ich Euch gern Euren Ring zurück und diene Euch ein halbes Jahr lang ohne Bezahlung.« Er streckte ihr den feingeschmiedeten Silberring mit dem Mondschein entgegen.

Ihr war seine Eindringlichkeit nicht entgangen.

»Aber Conan — solche voreiligen Versprechungen sind nicht nötig. Daß ich heute noch lebe, verdanke ich allein Eurem Mut und Eurer Fechtkunst. Ich werde dafür sorgen, daß Euch meine königliche Kusine eine Audienz erteilt, und ich werde für Euch sprechen. Ihr werdet mir doch sagen, was nur sie für Euch tun kann, die Königin eines Landes, von dem Ihr gestern zum erstenmal gehört habt?«

»Edle Lady, das werde ich ganz bestimmt.«

Er griff nach ihrer Hand und drängte ihr den Ring auf. Dann machte er ein paar Schritte zurück und salutierte vor der Überraschten mit dem Treuezeichen, wie er es noch für niemanden getan hatte, seit dem Tag vor zwei Jahren, kurz vor dem Angriff auf Venarium, als er zum Krieger ernannt worden war.

Er hatte jetzt weit mehr Grund, das Leben dieser Frau zu beschützen, als das Gold, das sie ihm dafür bezahlen würde, denn sie bedeutete für ihn die Möglichkeit, seine Seele zurückzubekommen.

Und nun hatte Lady Khashtris, die Kusine der Königin von Khauran, als Leibwächter den Sohn eines barbarischen Schmieds, und mit seiner Geste hatte er ihr eine tiefere Treue geschworen, auch wenn sie es nicht wußte, als sie je von einem Menschen erwartet hätte. Doch da sie es nicht wußte, bedankte sie sich nur mit einem freundlichen Lächeln und zog den Vorhang vor. Alle vier Träger hoben die Sänfte auf die Schultern. Voraus ritt der Shemit Shubal, hinter der Sänfte folgten die fünf Packtiere, vier davon beladen, und den Abschluß machte der Riese im ärmellosen Kettenhemd und dem turanischen Spitzhelm mit dem Kettennakkenschutz, der nur Gesicht und Kehle unbedeckt ließ. Der kleine Trupp verließ Shadizar durch das Südtor hinaus auf die Straße der Könige.

Ein wenig später am Nachmittag folgten ihm andere.

3

SCHWERTER IM DUNKELN

Als sie den breiten Karawanenweg erreicht hatten, der Straße der Könige genannt wurde, ritten Conan und Shubal unmittelbar hinter der Sänfte. Einer der beiden freien Sänftenträger saß auf des Cimmeriers zusätzlichem Pferd und hielt die Zügel des Leitpacktiers, dem die anderen gefügig folgten.

Im Laufe ihrer Unterhaltung erfuhr Conan, daß Shubal Angehöriger des shemitischen Kriegerclans der Asshuri war. Ehe sie von der breiten Straße westwärts nach Khauran abbogen, fragte Conan:

»Wieso heißt es ›Khauran der unglücklichen Königinnen‹?«

»Aufgrund eines Fluches. Vor langer Zeit erhörte eine khauranische Königin einen Dämon. Soviel ich weiß, war die Belohnung königliche Fruchtbarkeit und Khaurans Unabhängigkeit für alle Zeit, oder irgend so was, jedenfalls. Aber diese Belohnung war nicht nur ein Segen, die Schattenseite davon war, daß in jedem Jahrhundert eine khauranische Königin ein Dämonenkind — eine Hexe — gebären würde, die allerdings leicht an ihrem Muttermal — einem Halbmond auf dem Busen — zu erkennen ist.«

»Alle hundert Jahre eine, hm? Welch ein Aberglauben!«

»Spotte nicht, Conan. Es ist leider nur allzu traurige

Wahrheit. Jede wird nach der ersten Salome genannt — und getötet. Vor sieben Jahren gebar Königin Ialamis Zwillinge, beides Mädchen. Eines davon hatte das Muttermal. Es erhielt den gefürchteten Namen und wurde zum Sterben in der Wüste ausgesetzt. Prinzessin Taramis, die Zwillingsschwester der Hexe, weiß nichts davon. Sie wird es erst mit dreizehn, also in fünf Jahren, während des Mannbarkeitsritus erfahren. Khaurans Königin Ialamis die Unglückliche ist eine einsame, wahrhaftig unglückliche Frau. Bald nachdem sie den Tod ihrer eigenen Tochter befehlen mußte, verlor sie ihren Gemahl. Es ist ein zweifacher Fluch, der auf den Königinnen von Khauran lastet, die Prinzgemahle leben nie sehr lange.«

»Jemand sollte Ialamis damit trösten, daß ihr schließlich noch eine Tochter blieb, der erspart bleiben wird, einen Dämon zu gebären. Wen heiraten die Königinnen mit diesem Fluch denn?«

»Starke, tapfere Männer«, versicherte ihm Shubal.

Während sie dahinritten, dachte Conan über die leidgeprüfte unglückliche Frau nach, deren Hilfe er so sehr bedurfte. Sie begegneten einer großen Karawane, und gegen Sonnenuntergang überholte sie ein Trupp uniformierter Reiter — zamorianische Soldaten. Noch später erregten zwei an ihnen vorbeigaloppierende junge Männer Conans Ärger, weil sie seine und Khashtris Pferde erschreckten und eine Wolke gelben Staubes aufwirbelten. Kurz danach verließen sie die Straße, um ein Lager aufzuschlagen.

Ein Pferd trug Zelte, die sie aufstellten. Conan teilte eines mit Shubal, die vier Träger ein zweites, und Khashtris hatte das höchste, ein schönes grünes Zelt, für sich allein. Kurz nach Sonnenaufgang waren sie bereits wieder auf dem Weg.

Schließlich erreichte der Trupp das fruchtbare Akkerland des kleinen Khaurans. Khashtris behauptete laut, die Luft hier sei viel süßer, und zog die Vorhänge zurück. Sie stieg sogar hin und wieder aus, um ein Stück zu Fuß zu gehen. Conan achtete gerecht darauf, welcher Träger an der Reihe war zu reiten. Er und Shubal waren durchaus nicht traurig, daß sie nichts anderes zu tun hatten, als auf ihre Lady zu achten und hin und wieder ihre wohlgeformten Beine bewundern zu dürfen.

Als seine Arbeitgeberin wieder einmal aus der Sänfte stieg, schwang Conan sich vom Pferd und spazierte neben ihr her:

»Ein herrliches, fruchtbares Land habt Ihr hier, Lady.«

»Dafür sind wir auch dankbar, Conan. Und hört nur, wie die Vögel zwitschern — und seht euch die glücklichen Gesichter des Landvolkes an. Alle winken fröhlich, wenn sie uns sehen. Alle sind glücklich in Khauran ...« Abrupt hielt sie inne, und ein Schatten zog über ihr Gesicht.

»Außer der Königin«, sagte Conan.

»Ja«, murmelte Lady Khashtris.

»Shubal hat mir von dem Fluch erzählt, der über Khaurans Königinnen hängt. Ich wollte, ich könnte ihn brechen, für Euch, Lady.«

»Haltet Ihr so viel von mir, Conan?«

»Ihr seid ganz gewiß weder unfreundlich noch herzlos, Lady Khashtris. Ich würde Euch gegen eine große feindliche Überzahl beschützen, aber ich muß zugeben, der Hauptgrund ist, daß Ihr versprochen habt, ein gutes Wort für mich bei der Königin einzulegen.«

»Wollt Ihr mir jetzt erzählen, um was es geht?«

»Ja, kurz und bündig. In Arenjun fiel ich einem gewissen Hisarr Zul, einem Zauberer, in die Hände.« Conan sah keinen Grund zu erwähnen, daß er dabei gewesen war, diesen Zauberer zu bestehlen und dabei in dessen Falle geraten war. »Er stahl mir meine Seele. Ich ...«

»Eure *Seele?*« fragte Khashtris ungläubig.

Conan schaute sich um und warf einen Blick auf das dicke Kissen hinter dem Sattel. »Ja, genau. Ich glaube, seither ist mir kein einziges echtes Lächeln geglückt, noch fand ich auch nur eine einzige Nacht wirklich tiefen Schlaf wie zuvor. Meine — Seele ist in einem Spiegel gefangen. Dadurch zwang der Zauberer mich, einen Auftrag für ihn durchzuführen. In dessen Verlauf gelang es mir, einem ruhelosen Geist — einem Sandleichnam in einer Wüstenschlucht zwischen Arenjun und Zamboula — zum Frieden zu verhelfen. Von ihm erfuhr ich, wie Hisarr Zul getötet werden konnte. Als ich zu ihm zurückkehrte, versuchte er mich umzubringen, aber es glückte mir, seinen eigenen Todesstaub gegen ihn zu verwenden. Er ist zwar jetzt tot, aber meine Seele ist immer noch in dem Spiegel gefangen, in den er sie verbannt hat. Natürlich hätte er sie befreien können, doch es blieb mir nichts übrig, als ihn zu töten, wollte ich nicht mein Leben verlieren. Falls der Spiegel zerbricht, bleibe ich zwar am Leben, bin jedoch seelenlos. Ich habe solche seelenlose Kreaturen gesehen — sie mußten dem Zauberer dienen. Ehe ich so werde, bin ich lieber tot und lasse mich von den Aasgeiern verschlingen. Wird der Spiegel aber von einer gekrönten Persönlichkeit zerbrochen, kehrt meine Seele zu mir zurück. Das verriet der Sandleichnam mir, der Hisarrs Bruder gewesen und von ihm ermordet worden war.«

»O Conan! Bei Ischtar und Aschtoreth — wie

schrecklich!« Khashtris blieb stehen und wandte sich ihm zu. Ihre kunstvolle Frisur reichte ihm bis zur Stirn. »Ich wollte, ich trüge eine Krone, ich würde Euch hier und jetzt helfen, Ihr Ärmster. Aber meine Kusine wird Euch sofort nach unserer Ankunft wieder zu Eurer Seele verhelfen, daran besteht kein Zweifel, Conan. Das ist so sicher wie nur irgend etwas.«

Und jetzt wißt Ihr, meine bezaubernde Lady von vierzig Jahren, warum ich Euch selbst gegen den Teufel Set beschützen würde, dachte Conan, während er zu seinem Pferd zurückkehrte, um besser in der Lage zu sein sie zu schützen, falls seine Dienste als Leibwächter, nicht als Gesprächspartner benötigt wurden.

Das wurden sie an diesem Tag jedoch nicht mehr.

In dieser Nacht weckten Conan Geräusche, die es eigentlich nicht geben durfte. Er wußte sofort, was es war, das er gehört hatte. Obgleich Shubal nur wenige Fuß entfernt im Schlaf schwer atmete, zog Conan es vor, ihn nicht zu wecken. Lautlos erhob er sich. Ohne sich Zeit zu nehmen, in das gepolsterte Wams oder das Kettenhemd zu schlüpfen, schnallte er sich den Waffengürtel über den Lendenschurz, und auch das mit einer unnachahmlichen Lautlosigkeit. Genauso lautlos schlich er aus dem Zelt. Wenn er Shubal selbst nur mit dem Fuß angestoßen hätte, wäre der vermutlich mit einem Ächzen oder Schrei aufgeschreckt und hätte den gewarnt, der sich vor dem Zelt um größte Heimlichkeit bemühte. Conan folgte seinem Beispiel.

Nicht mehr als zehn Schritte lagen zwischen Khashtris' und ihrem Zelt. Dahinter ein wenig seitwärts, ein ungleichschenkeliges Dreieck bildend, hob sich das Zelt der Träger vom Nachthimmel ab. Nur des Barbaren scharfe Augen vermochten die Männer dort zu sehen — und einen einzelnen Mann mit dem Rükken zu ihm, keine fünf Schritte von ihm entfernt. Dieser Bursche beugte sich über eine auf dem Boden liegende stille Gestalt, und von der Klinge in der Hand des Stehenden tropfte Blut auf den Gefallenen. Sein unterdrückter oder abgewürgter Schmerzens- oder Todesschrei war es gewesen, was den Cimmerier geweckt hatte. Der Mondschein ließ die offenen glasigen Augen aufblitzen, und Conan erkannte den Toten als einen der Ophiten, die er als Träger angemustert hatte.

Wie ein jagender Panther schlich Conan sich heran.

Herzschläge später lagen zwei Körper auf dem Boden. Der Mann, den Conan getötet hatte, war einer der von Khashtris angeheuerten Träger, und er hatte den Ophiten umgebracht. Geduckt und mit gefletschten Zähnen schaute Conan sich um. Die anderen drei hatten ihn nicht gehört. Sie schlichen auf Khashtris' Zelt zu.

Conan traf eine schnelle Entscheidung. Er rannte lautlos um sein eigenes Zelt und gelangte hinter Khashtris', so daß es sich zwischen ihm und den Meuchlern befand. Vier, hm? Jemand war ihnen also gefolgt, jemand im Komplott mit den zwei Sänftenträgern, die Khashtris angeheuert hatte. Conan kauerte sich hinter ihr Zelt, und Augenblicke später hatte er das dicke Tuch sauber aufgeschlitzt.

Die Kusine der Königin erwachte, als sich eine Prankenhand über ihren Mund und die ganze untere Gesichtshälfte legte. Sie gab ihre kurze Gegenwehr jedoch sofort auf, als sie die gewisperten Worte hörte:

»Ich bin es, Conan. Verhaltet Euch ganz still!«

Mit heftig klopfendem Herzen, einer Hand über ihren Lippen und einem muskulösen Arm um ihre Taille, wartete die Lady mit der hohen Frisur in der Dunkelheit und fragte sich, ob sie beschützt oder bedroht wurde. Finsternis und Stille waren zum Grauen geworden, und sie glaubte, ihr Herzschlag höre sich an wie die Marschschritte eines ganzen Heeres. Auch Conans Herz schlug schnell, das spürte sie genau, denn seine nackte Brust war gegen ihren Rücken gedrückt.

Die Zeltlasche wurde von außen zurückgezogen, so daß bleicher Mondschein einfiel. Ein Mann trat geduckt und auf leisen Sohlen ein, dann ein zweiter und ein dritter, der ein Schwert trug. Conan schob seine hochgeborene Arbeitgeberin zur Seite. In der Stille und Dunkelheit des Zeltes klangen seine Worte wie das Knurren eines Raubtiers und ließen die Eindringlinge vor Schrecken erstarren.

»Was sucht ihr, mordende Hunde? Den Tod?«

Er sprang vorwärts und holte zum Hieb aus, den er gegen einen Feind, der ihn sehen konnte, nicht riskiert hätte. Er konnte die Eindringlinge undeutlich erkennen, aber er war sicher, daß sie, die aus dem Mondschein in die Dunkelheit gekommen waren, ihn überhaupt nicht sahen — und so riskierte er den Hieb. Sein Schwert traf, und ein Mann stöhnte grauenvoll. Sofort zog Conan seine Klinge zurück und sprang zur Seite. Fast gleichzeitig war der Aufprall des Getroffenen auf dem Boden zu hören.

»Wer — wer war das? Baranthes?«

»*Ich* war es, schmieriger Hund! Ihr seid gekommen, um zu morden, also versucht es doch!« Die Stimme klang weniger wie die eines Menschen als das Knurren eines Raubtiers, genau wie zuvor. Selbst Khashtris, die wußte, wem sie gehörte, überlief kalter Schauder.

»Sohn Sets — es ist dieser *Conan!*«

Diesmal schwieg der Cimmerier. Er duckte sich, streckte sein Schwert aus und schlug zu. Sein Arm bis zum Handgelenk war zwei Fuß lang und das Schwert weitere drei Fuß. Als die Klinge traf, erhob sich diesmal kein Stöhnen, sondern ein jämmerliches Heulen — sie hatte die Wade eines der Eindringlinge halb durchschnitten. Während der Mann zusammensackte, bewegte der lautlose Cimmerier sich erneut, diesmal mit unfehlbarem Instinkt auf Khashtris zu. Er lehnte sich gegen die Zeltwand und hieb auf den Boden hinunter, als wollte er einen herabgefallenen Holzklotz spalten. Seine Klinge erreichte den Boden jedoch nicht, sondern wurde von etwas aufgehalten. Ein Gurgeln aus Menschenkehle verriet ihm, daß er entweder Lunge oder Hals des Mannes getroffen hatte, der bereits zuvor seine Klinge zu spüren bekommen hatte — es war der heimtückische Sänftenträger aus Zamora mit ein wenig stygischem Blut.

Aber das konnte Conan nicht erkennen, und es war ihm auch gleichgültig, welchen der Meuchler er traf. Er zog die Klinge zurück und stieß sie nach rechts.

Da hörte er das Pfeifen einer anderen Klinge zu seiner Linken. Das war das Schwert des dritten. Wußte der Bursche, daß er jetzt allein war?

»Flieh lieber, Hundesohn!« riet Conan ihm knurrend. »Du hast jetzt keine Hilfe mehr. Ich habe heute nacht drei getötet, und sowohl Shubal als auch Khashtris sind unbeschadet!«

Statt sich den vernünftigen Rat zu Herzen zu nehmen, hieb der Bursche wild zu. Conan hatte jedoch bereits seinen Platz gewechselt. Mit hackendem Laut drang das Schwert des dritten mit solcher Heftigkeit in die Zeltstange, daß er schmerzhaft ächzte und die Zeltstange barst.

Da es die einzige Stange gewesen war, brach das Zelt zusammen. Khashtris schrie erschrocken auf, und

Conan sprang. Diesmal traf nicht seine Klinge einen in der Dunkelheit nicht sichtbaren Gegner, sondern seine Hand packte einen Arm und brach ihn, und dann einen Hals.

Der Cimmerier stand allein, und das zusammengebrochene Zelt hing an ihm, so daß er dafür der einzige Halt in der absoluten Dunkelheit war. Der dritte Eindringling lag tot zu seinen Füßen. Die Lady von Khauran gab einen wimmernden Laut von sich.

»Es waren drei«, erklärte Conan und bahnte sich, ihrer Stimme folgend, einen Weg zu ihr und duckte sich. Das Zelt fiel über ihnen zusammen. Die zitternde Khashtris klammerte sich an den Cimmerier, der sie beruhigend umarmte und blieb, wo er war. Auch wenn die Frau nicht alt war, zählte sie doch das Doppelte seiner Jahre. Aber in der Dunkelheit ist keine Frau alt, das wurde Conan in dieser Nacht bewußt.

Im Morgengrauen zerrte der völlig verstörte Shubal das Zelttuch zur Seite — und erstarrte. Conan grinste ihn wie ein Wolf an.

»Guten Morgen, Shubal! Du hast aber einen gesunden Schlaf!« Gleichmütig winkte er ihm zu, dabei blitzte der Silberring mit dem Mondstein auf, den plötzlich wieder er trug. »Sei so gut, laß die Zeltbahn wieder fallen und gedulde dich noch eine kurze Weile.«

Wortlos, mit aufgesperrtem Mund, tat Shubal wie geheißen. Conan richtete sich auf, um Zeltstange zu spielen, während Lady Khashtris sich hastig ankleidete.

4

DIE SEELE DES CIMMERIERS

Conan, Shubal und Lady Khashtris waren die einzigen Überlebenden des kleinen Zeltlagers, besaßen jetzt jedoch zusätzlich noch zwei Pferde mit Zügel und Zaumzeug. Alle vier Träger waren tot: die zwei Ophiten ermordet und die beiden, die Khashtris angestellt hatte, von Conan ihrer gerechten Strafe zugeführt. Einer lag immer noch unter dem zusammengebrochenen Zelt der Edeldame. Die beiden anderen Schurken kannte Conan nicht.

Khashtris und Shubal dagegen waren sie sehr wohl bekannt. Die Leichen waren die ihrer anderen ehemaligen Leibwächter. Eine gehörte dem einen, der sich in Shadizar krankgestellt hatte, die andere dem, der bei dem Überfall das Hasenpanier ergriffen hatte.

»Die beiden haben den Plan ausgebrütet«, grübelte Conan laut. »Sowohl ihr beiden als auch die von mir angestellten Träger sollten getötet werden. Möglicherweise hatten diese Hunde eine Abmachung mit den Straßenräubern in Shadizar getroffen — oder sie gar angeheuert. Ihr reist mit zu vielen Pretiosen herum, Khashtris.« Er nannte die Lady bei Namen, ohne sich etwas dabei zu denken. Shubal fiel es auf, doch er schwieg. Die Edeldame verzog keine Miene. »Der Überfall endete nicht so, wie sie es sich vorgestellt hatten, also sorgten sie für zwei neue Träger, die Ihr angemustert habt …«

»Törichterweise!« murmelte Khashtris in bitterer Selbstanklage.

»Ja, törichterweise«, pflichtete Conan ihr bei, als wäre sie keine Edeldame und auch nicht seine Arbeitgeberin. »Die zwei Halunken folgten uns. Diese Näschereien, die das stygische Halbblut uns nach dem Abendessen aufdrängte, enthielten ein Schlafmittel. Das Zeug schmeckte mir nicht, aber der Bursche hat nicht bemerkt, daß ich es ausspuckte, denn ich tat es heimlich, um ihn nicht zu kränken. Ich spuckte noch mehrmals danach aus, um den süßlichen Geschmack loszuwerden. Sowohl Shubal als auch ich sollten nicht aufwachen, während Ihr ermordet und beraubt wurdet. Warum sie sich zuerst die ophireanischen Träger vornahmen, weiß ich nicht.«

»Meine Dummheit schreit zum Himmel!« fluchte Shubal. »Versetz mir eine Tracht Prügel, Conan! Ich habe es verdient!«

»Ich glaube, das hat wohl eher unsere Arbeitgeberin, weil sie nur zwei zuverlässige Männer angestellt hat — und vier hinterlistige Aasgeier. Aber es ist wohl am besten, wir schlagen niemanden — auch nicht uns an die Brust, sondern sehen lieber zu, daß wir weiterkommen. Was geschehen ist, ist geschehen, daran läßt sich nichts mehr ändern. Meine edle Lady, jetzt lassen wir aber diesen unpraktischen Stuhl auf Stangen hier. Ihr werdet wie ein Mensch reiten und Euch nicht wie ein Setpriester herumtragen lassen — oder lauft zu Fuß neben uns her, während Shubal und ich reiten. Bei Crom, wir haben jetzt acht Pferde! Soll ich Euch auf eines binden, oder Euch lieber helfen aufzusitzen?«

Sie blickte ihn mit großen Augen an und blinzelte verstört. »Ich — ich habe noch nie ... Meine Beine ...«

»Die Beine der Lady Khashtris schlagen die jedes fünfzehn- oder zwanzigjährigen Mädchens! Kommt, benehmt Euch wie ein Mensch! Seid einmal keine vornehme Dame! Es wird Euch vielleicht sogar Spaß machen.«

Khashtris starrte ihn weiter an und kaute an ihrer Lippe. Plötzlich lächelte sie.

So ritten die drei in die befestigte Stadt Khauran, die Hauptstadt des Königreichs gleichen Namens, und über ihre breite Prunkstraße. Alle saßen auf edlen Pferden, und Khashtris bot ein schönes Bild in ihrer aufrechten Haltung und mit den wohlgeformten, entblößten Beinen. Die Menschen starrten, aber die hochgeborene Lady trug den Kopf erhoben, das Kinn ausgestreckt und blickte stolz vor sich hin.

Zwischen Häusern mit Marmorfassade ritt das Trio dahin, gefolgt von fünf weiteren Pferden. Eines war mit den Waffen der Toten beladen, die sie zurückgelassen hatten. Conan war kein Leichenfledderer, aber er ließ gute Waffen nicht liegen, damit sie verrosteten oder spielenden Bauernkindern in die Hände gerieten.

Ein großes Bauwerk aus grünlichem Marmor mit schwarzen Säulen, in der Nähe des Palasts, war ihr Ziel. Und hier hieß ihr Haushalt Lady Khashtris willkommen. Unwillig ließ Conan zu, daß man ihn badete, während seine Rüstung gesäubert und sein Wams gewaschen wurden. Nichts hier war groß genug für den Cimmerier, also mußte er wieder in sein altes Hemd schlüpfen, über das er, nachdem es trocken war, sein gepolstertes Wams und das blitzblanke Kettenhemd zog. Seine Arbeitgeberin ließ sich noch nicht sehen, so verkürzte er sich die Wartezeit mit einem Humpen Wein und indem er Shubal — der eine mit Silberborte eingefaßte, schneeweiße Tunika trug und ein Brokatcape, für das Conan keinen Anlaß sah — mit freundlichem Spott bedachte.

Nachdem sich auch Khashtris hatte baden, ihre Frisur neu aufstecken und ankleiden lassen, kam sie zu den beiden Männern und entsetzte sich sofort, daß Conan wieder seinen schmutzstarrenden weißen Umhang trug, den zu waschen man übersehen hatte. Doch statt auch ein Cape ähnlich dem von Shubal — der unverhohlen feixte — überzuwerfen, zog Conan lieber seinen Umhang aus und weigerte sich, einen anderen um die Schultern zu legen.

Mit ihren beiden Leibwächtern ging Lady Khashtris zum Palast, wo ein Bote sie bereits angemeldet hatte.

Viele Augen beobachteten den riesenhaften jungen Mann mit den blitzenden eisblauen Augen und der Mähne geradegestutzten schwarzen Haares, während er seine juwelengeschmückte Auftraggeberin und ihren zweiten Leibwächter zu dem hohen Gebäude begleitete, in dem die königliche Familie lebte. Obwohl Bärte in Khauran sehr beliebt waren, hatte Conan sein Gesicht säuberlich glattgeschabt. Sein neues Kettenhemd war auf Hochglanz poliert worden. Obgleich sein Besitzer, seitdem er es erstanden hatte, bereits vier Halunken getötet hatte, war es noch von keiner Klinge berührt, noch auch nur von einem Blutstropfen benetzt worden.

Das Klickklack der hochhackigen Schuhe Lady Khashtris' begleitete sie durch die hohen Hallen des Palasts. Der gelbe Rock der Lady knisterte. Sie kamen vorbei an Türen mit Goldarabesken; an Wachen in bronzenen Harnischen, die scheinbar blicklos vor sich hinstarrten; an Dienern, deren Augen beim Anblick der drei rund wurden. An ihnen allen schritten sie schweigend vorbei, bis sie zu einer versilberten Flügeltür kamen, die mit Szenen der glorreichen Vergangenheit der ashkauranischen Dynastie verziert waren.

Khashtris wurde bereits erwartet. Sie gab dem Haushofmeister kaum Zeit, zur Anmeldung ihren Namen auszurufen, als sie durch die Tür eilte. Conan folgte ihr in einen kleinen Saal, an dessen rosa, rot und grau durchzogenen Marmorwänden Standarten hingen. Der Boden war dicht mit Teppichen aus dem Osten belegt, und eine riesige Zahl kunstvoller Bronzelampen, die mit Gold und Onyx verziert waren, erhellte den Raum.

Hier hielten sich keine Wächter auf. Conan sah sechs Erwachsene und ein etwa sechsjähriges Kind, das wie eine kleine Königin gewandet war. Auf das Kind war ihm jedoch nur ein flüchtiger Blick gewährt, da es sofort mit seiner Leibmagd den Audienzsaal verließ. Das also war die Schwester einer toten Hexe. Ihr Haar war so schwarz wie das ihrer Tante Khashtris, jedoch nicht hochaufgetürmt.

Obgleich es ihre Kusine war, machte Khashtris einen Hofknicks vor der Frau auf der mit roten Teppichen bezogenen Thronplattform. Conan und Shubal, die hinter ihrer Arbeitgeberin standen, verbeugten sich tief.

Die Frau auf dem khauranischen Thron ähnelte ihrer Kusine. Ihr schwarzes Haar war genauso hochgesteckt wie Khashtris' und das jeder Edelfrau in diesem Land, nur vielleicht noch kunstvoller und reicher verziert. Die Krone saß auf dem Haarturm, und ihre glitzernden Edelsteine, gelbe und rauchige Topase, schienen Conan zuzuzwinkern. Sie war ganz in Brokat, Samt und Satin gehüllt, die nur ihren Kopf und die Hände frei ließen. Von ihrer Figur war nicht viel mehr zu erkennen, als daß sie ziemlich breite, plumpe Hüften hatte.

Die hohe Stirn war nur von schmalen Augenbrauenstrichen gezeichnet, die nicht nach dem Geschmack des Barbaren aus den rauhen Bergen Cimmeriens waren. Dagegen gefielen ihm ihre zierliche Nase mit den schmalen Flügeln und die weinfarbigen Lippen. Aber er sah gleich, daß ihr Gesicht nicht das einer glücklichen Frau war.

Jetzt betrachtete er ihre prächtige Gewandung näher. Eine mit kunstvoller Stickerei verzierte Goldstoffbluse ragte aus dem hohen lilafarbenen Samtmieder und umschloß den Hals mit einem hohen, steifen Kragen. Die weiten Ärmel wiesen auf der gesamten Armlänge einen Schlitz auf, der nur in Ellbogenhöhe mit ein paar Stichen und Reifen aus gehämmertem Gold zusammengehalten wurde. Um die Handgelenke waren die pludrigen Ärmel kunstvoll gereiht und steckten in einem breiten Stoffband, von dem Spitzen über den Handrücken verliefen, die zusammen in einer Schlaufe um den Mittelfinger gehalten wurden, die wie ein Ring aussah.

Schimmernder Satin von der Farbe des Eises, durch einen Aquamarin gesehen, wallte in unendlicher Weite um die Hüften. Das Mittelstück des lilafarbenen Mieders reichte bis zum Rocksaum, wo es im Schnörkelstil Bakhaurus mit Silber bestickt war. Ein schillerndes Silberband verlief oberhalb des Busens um das Mieder und wurde von einer kunstvollen, mit Perlen verzierten Muschelbrosche mit Silbernadel zusammengehalten. Von diesem oberen Band hing eine Art dritter Rock, der hinten lang war und vorn ein umgedrehtes V bildete, dessen Seiten wie gefaltete Flügel aus Kettengliedern entlang den Schenkeln und Waden der Köni-

gin verliefen. Von den königlichen Ohrläppchen baumelten gewaltige tropfenförmige Ohrringe, die in dem hellen Licht in allen Regenbogenfarben schillerten. Ihr sonstiger Schmuck war lediglich ein Ring: zwei Schlangen, eine aus Gold, die andere aus Silber, die sich umeinander wanden.

Conan schluckte. Die Königin war nur wenige Jahre älter als er. Dem Leibwächter ihrer älteren Kusine gingen bei ihrem Anblick ein paar ungehörige Gedanken oder Wunschträume durch den Kopf.

Im Thronsaal befanden sich außerdem der Stadtverwalter Acrallidus, dessen Bart im Gegensatz zu seinem Kopfhaar grau war, mit seinem etwa vierzehnjährigen Sohn Krallides, und beigerot gewandet der Ratgeber der Königin, Arkhaurus, ein Mann Mitte vierzig. Von seinem Hals hing an einer Silberkette ein riesiges Siegel aus Karneol. Der gutaussehende junge Mann unmittelbar zur Rechten der Königin war Sergianus, ein Herzogssohn aus Tor in Nemedien. An seiner Brust hing von einer schweren Goldkette ein goldenes, mit Saphiren besetztes Medaillon.

Conan sah fast auf den ersten Blick, daß der junge Edelmann aus dem fernen Land große Zuneigung zur Königin empfand, und Königin Ialamis' Blick verriet, daß sie sie erwiderte. Die Königin hatte also bereits einen Freier, der, von weither, aus dem Land im Nordwesten, gekommen war. Da vergaß der Sohn eines Schmiedes seine lächerlichen Träume.

Alle lauschten gespannt, als Khashtris von dem Überfall in Shadizar erzählte, von dem Komplott und zweiten späteren Überfall unterwegs, von Shubals Treue und Tapferkeit und dem Heldentum des Cimmeriers. Augen betrachteten den riesenhaften jungen Mann abschätzend, und Conan las Achtung und Interesse in ihnen. Er verharrte stumm. In Anwesenheit dieser hochstehenden Persönlichkeiten bemühte er sich, älter zu wirken und der tapfere und edle Leibwächter zu sein, als den Khashtris ihn hingestellt hatte.

Insgeheim hoffte er, daß Acrallidus mit den weisen Augen in ihm nicht den Dieb erkannte, der er war, trotz seiner prächtigen Rüstung und aller Lobpreisungen.

Khashtris beendete ihren anschaulichen Bericht. Alle schwiegen, während Königin Ialamis die Unglückliche den hochgewachsenen, breitschultrigen Fremden betrachtete.

»Conan von Cimmerien«, sagte sie schließlich. »Ihr habt zweimal das Leben meiner geliebten Kusine gerettet. Wir schulden Euch größeren Dank, als Worte auszudrücken vermögen. Nennt einen Wunsch, Krieger, und die Königin von Khauran wird versuchen ihn zu erfüllen.«

Vielleicht empfand jemand seine Antwort als respektlos, als er sofort, ohne zu überlegen, lediglich die zwei Worte sagte : »Meine Seele!«

Die Königin blinzelte verständnislos und bemühte sich, ihn nicht ungläubig anzustarren. Die anderen blickten einander fragend an, schwiegen jedoch.

»Er meint es wörtlich, Eure Majestät«, erklärte Khashtris ihrer Kusine. »Ein gewisser zamboulanischer Zauberer hatte die Fähigkeit, Seelen ihren Besitzern bei lebendigem Leibe zu stehlen und sie in Spiegeln gefangenzuhalten. Dieser Zauberer ist jetzt tot, doch Conan und seine Seele sind immer noch voneinander getrennt. Zerbräche der Spiegel, würde er zur willenlosen, schrecklichen Kreatur, wie er sie selbst kennengelernt hat.«

»Unglaublich«, murmelte Acrallidus, während die Königin »wie furchtbar!« hauchte. Sergianus hob zweifelnd eine Braue. »Zauberei? Seele vom Leib getrennt? Ja wahrhaftig, unvorstellbar!«

»Das ist auch der Fluch, der auf den Herrscherinnen von Khauran lastet«, sagte die Königin leise. »Was können Wir für Euch tun, Conan?«

Conan deutete auf das lederumhüllte Päckchen, das er an seinen Gürtel gehängt hatte. Es sah aus wie ein weich gefülltes lederbezogenes Kissen, das kreuz und quer mit Lederbändern umwickelt und verknotet war. Er bückte sich, um es auf den rosa Fliesenboden zu legen, nur wenige Fuß von den drei Stufen entfernt, die zur Thronplattform hochführten. »Hier habe ich den Spiegel verpackt, Eure Majestät. Ich ersuche, ihn Euch übergeben zu dürfen.«

»Muß ich das Paket auswickeln?«

»Nein, Eure Majestät.«

Alle sahen zu, während der Cimmerier die Lederschnüre entfernte. Dann wickelte er das vierfach zusammengefaltete, fein gegerbte und ungewöhnlich weiche Lederstück auf. Zwei Metallplatten wurden enthüllt, die mit Lederschnüren fest zusammengebunden waren. Auch diese Schnüre öffnete er und befreite ein in dunkelgrünen Samt gehülltes Päckchen zwischen den Metallplatten. Der Samt war ein Streifen, den er von Hisarr Zuls Wandbehang geschnitten hatte — ein riesiger Streifen, den er vielfach um den Spiegel gewunden hatte. Mit allergrößter Sorgfalt wickelte Conan ihn jetzt aus, und aller Augen beobachteten ihn erwartungsvoll.

Endlich war der kleine, halbkugelförmige Spiegel von allen Hüllen befreit.

»Ihr habt ihn gut geschützt. Bei dieser Polsterung

war es unmöglich, daß er ungewollt zerbrochen wurde!«

Conan blickte den Sprecher an. Es war der Mann, den man ihm als Sergianus von Nemedien genannt hatte. Er trug eine langärmelige weinrote Tunika über einem längeren Gewand aus grünem Stoff. Die Tunika war mit einem breiten, juwelenbesetzten Gürtel zusammengehalten.

»Nichts in der Welt, außer meinem Leben, war mir wichtiger, Lord Sergianus.«

»Trotzdem habt Ihr es aufs Spiel gesetzt, um Unsere Kusine zu retten«, sagte Königin Ialamis.

»Dafür hat sie mich zu Euch gebracht, Eure Majestät. Denn nur ein gekröntes Haupt kann den Zauber brechen und mir die Seele zurückgeben. Wird der Spiegel von irgend jemand anderem zerbrochen, sind meine Seele und ich für immer getrennt. Zerbricht ihn jedoch ein gekrönter Herrscher, kehrt sie zu mir zurück, und wir sind wieder eins.«

Die Königin lehnte sich auf ihrem Thron vor. Ihr Blick wanderte von dem über den Boden gebückten Mann zu seinem Spiegel und zurück zu seinem Gesicht. »Dann müssen Wir ihn natürlich für Euch zerbrechen, Conan.«

»Wartet, Eure Majestät!« rief Arkhaurus, der Berater der Königin. Conans Augen verengten sich zu Schlitzen. »Wartet! Angenommen, das ist Teil eines Zauberplans? Wer weiß, ob nicht irgendein schrecklicher Zauber frei wird, wenn Eure Majestät den Spiegel zerbrechen? Dürfen wir es wagen, diesem ...«

»Königliche Kusine!« rief da Khashtris empört. »Ich verdanke diesem Mann zweimal mein Leben und kann es nicht dulden, daß man an seiner Aufrichtigkeit zweifelt, und ich glaube auch nicht, daß ein Komplott gegen Euch geschmiedet wird. Conan ohne seine Seele ist der Bedauernswerte und Arkhaurus kränkt mit seinen Worten sowohl ihn als auch mich.«

»Eure Majestät ...«, begann Acrallidus, unterbrach sich jedoch sofort, als die Königin eine Hand hob. Niemand wagte mehr zu sprechen, denn ihre Geste war der Befehl für alle zu schweigen. Die Königin betrachtete Conan offensichtlich nachdenklich. Schließlich nickte sie kurz und richtete sich auf.

»Bringt mir den Spiegel, Conan von Cimmerien.«

Conan nahm das in Holz gerahmte Glas mit beiden Händen und trug es zum Fuß der Plattform. Aufrecht vor den drei Stufen stehend hatte er es nicht nötig, zu der sitzenden Königin aufzublicken, da ihre Köpfe fast in gleicher Höhe waren. Mit beiden Händen streckte er ihr den Spiegel entgegen, und mit beiden griff sie danach. Königliche Finger berührten die des Barbaren. Conan bemerkte, daß sie sich nicht anders als gewöhnliche Finger anfühlten, höchstens vielleicht ein wenig sanfter. Sein Gehirn registrierte es, und da wußte er, daß er nie wieder voll unnötiger Ehrfurcht vor einem gekrönten Haupt stehen, geschweige denn knien würde.

Königin Ialamis blickte in den Spiegel des toten Zauberers, und sie schrie erstaunt auf. Als sie sich wieder ein wenig gefaßt hatte, sagte sie : »Da — da ist ein Mann — ein winziger Jüngling in diesem Spiegel, und er — aber das seid ja Ihr, Conan!«

»Manche würden sagen, es ist mehr ich, als was hier vor Euch steht, Eure Majestät«, erklärte er, ohne die verwirrende Bedeutung dieser Worte selbst in ihrem vollen Umfang zu verstehen.

»Zauberei!« Arkhaurus' Stimme zischte bei diesem Wort.

»Ich möchte es sehen!« rief Krallides, der junge Sohn Acrallidus aufgeregt und drängte nach vorn.

Aber die Königin erfüllte seinen Wunsch nicht. Vorsichtig hielt sie den Spiegel in den Händen und stand auf. Conan ging zur Seite, als sie mit raschelndem Satin die Stufen herunterstieg. Drei Schritte tat sie auf dem weichen Läufer, der über die rosa Fliesen zur Thronplattform verlief, dann blieb sie stehen. Sie hob den Spiegel mit beiden Händen und blickte Conan an.

»Eure Majestät!« rief Sergianus besorgt. »Glassplitter könnten …«

Conan warf dem Mann einen verärgerten Blick zu. Im gleichen Moment schleuderte Ialamis den Spiegel gegen eine Steinwand.

Der Cimmerier hörte das Bersten und zuckte heftig zusammen, denn ein berauschendes Gefühl wallte in ihm auf. Er fühlte sich plötzlich wieder *ganz,* als wäre sein Körper zuvor leer gewesen und diese Leere nun gefüllt! Da fiel sein Blick auf Sergianus. Plötzlich wurden seine Augen groß. Er starrte ihn verwirrt an. Eine Gänsehaut überzog seine Arme und auf dem Nacken stellten sich die Härchen auf. Niemand bemerkte es. Alle blickten wie gebannt auf den Spiegel.

Vielleicht erlebten die anderen jedoch etwas Ähnliches. Sie sahen, wie der Spiegel an der Wand des Audienzsaals zerschmetterte, und doch flogen keine Glassplitter durch die Luft — sie *schwebten* auf unheimliche Weise etwa drei Fuß über dem Boden direkt an der Wand, an der der Spiegel zerbrochen war.

Die glitzernden Splitter und winzigen Glasscherben schienen wie Staubkörnchen im Sonnenschein zu tanzen, doch waren sie von unterschiedlicher Größe und funkelten wie Edelsteine. Alle hielten den Atem an, als jede dieser winzigen Scherben und kaum sichtbaren

Splitter in Flammen aufgingen. Sie leuchteten so hell auf, daß sie die Augen blendeten — und dann waren Flammen und Glas verschwunden.

Auf dem Boden dicht an der Wand lag der Rahmen von Hisarr Zuls Zauberspiegel, doch kein einziger Funken war mehr zu sehen, nicht der winzigste Splitter und nicht einmal ein Hauch des Flammengeruchs hing mehr in der Luft.

Jetzt wandten aller Blicke sich dem Cimmerier zu. Sie sahen, mit welch verwirrter Miene er Sergianus anstarrte, der die Stirn runzelte, als er es ebenfalls bemerkte. Dann blinzelte Conan und schien zu schwanken. Schließlich schüttelte er heftig den Kopf, daß die schwarze Mähne flog, und blickte Sergianus noch einmal kurz ungläubig an, ehe er sich der Königin zuwandte. Als er den Kopf hob, sahen Shubal und Khashtris Conan lächeln — das erstemal, seit sie ihn kennengelernt hatten, ohne daß sein Lächeln dem Fletschen eines Wolfes glich, wie bisher, wenn er sich eines abgerungen hatte.

»Eure Majestät, es ist vollbracht. Ich stehe tief in Khaurans und seines Königshauses Schuld. *Ich spürte, wie meine Seele zurückkehrte!«*

»Nein, Conan. Ich zahlte nur eine Schuld zurück«, sagte die Königin und vergaß in ihrer Ergriffenheit den Majestätsplural. »Ihr seid in Khauran herzlich willkommen, Retter mei … Unserer Kusine.«

5

IN HILIDES' WEINHAUS

Conan und Shubal waren bereits etwa zwei Stunden durch Khauran geschlendert, als der Shemit seinen jüngeren Begleiter in eine Straße mit Tavernen und Wirtshäusern steuerte. Sie näherten sich einer Tür unter einem orange und grell grün gestreiften Sonnendach. Conan fand diese Farbenzusammenstellung grauenvoll, und sie schmerzte seine Augen, aber sie war glücklicherweise kein Omen für die Weinstube hinter der Tür, die kühl und sauber war, und gerade groß genug für zwei lange Tische mit Bänken, und vier kleine dreibeinige Tische, ausreichend für zwei, die sich ungestört miteinander unterhalten wollten. Die zwei Leibwächter, die die ihnen Anvertraute sicher im Königspalast wußten, setzten sich an einen der kleinen Tische.

»Shubal! Du warst ja schon eine Ewigkeit nicht mehr hier!«

»Ich bin auch gerade erst von einer längeren Reise nach Shadizar mit meiner Herrin zurückgekommen«, erklärte Shubal dem rundlichen, rotgesichtigen Mann mit Faßbauch und Augen wie frisch gegerbtes Rindleder. Sein braunes Haar und der Bart sahen aus, als hätte jemand beides mit einer Handvoll Sand beworfen.

»Ah! Oho! Shadizar, eh? Eh? Und du bist *zurückgekommen!*« sagte der Dicke. »Nach allem, was ich über diese Stadt hörte, ist deine Heimkehr ein wahres Wunder! Gestern erst machte Verenus seine Lieferung und erzählte, daß Pertes' Sohn nach Shadizar gegangen ist — vor einem Monat schon. Was hat doch Verenus wieder gesagt? Ah ja! ›Wie sollen wir unsere Söhne auf den Höfen halten, wenn sie einmal Shadizar, die Verruchte, gesehen haben?‹ Eh?«

»Das Wunder, das mich zurückbrachte, ist dieser kleine Bursche hier«, sagte Shubal und schlug Conan freundschaftlich auf die Schulter. »Da du gerade von Verenus gesprochen hast, Hilides, bring doch für jeden von uns einen Krug mit seinem gepanschten Bier.«

»Ist gut. Ich habe es heute erst angezapft. Was soll das heißen, er ist das Wunder? Es ist ein Wunder, daß ein Bursche seines Alters so groß ist, und ein größeres noch, daß er deine Gesellschaft aushält. Wolltest du das sagen? Eh?«

»Es fiel mir nicht schwer, Shadizar zu verlassen«, antwortete der Shemit. »Es fehlte nicht viel, und die edle Lady Khashtris und ich hätten dort den Tod gefunden.«

Hilides stellte die schweren Tonkrüge fast lautlos vor die beiden hin. Der Mann hat die Arme eines Holzfällers oder Kriegers, dachte Conan, und den Bauch eines Königs.

»Oh! Das mußt du mir erzählen, eh, Shubal! Wie ist es dazu gekommen? Streit im Hurenhaus? Oder bist du einem gereizten Ehemann in die Quere gelaufen? Ho ho! Eh?«

»Dieser blökende Hammel ist der Wirt, Conan — Hilides. Hilides, das ist Conan, ein Cimmerier. Der edlen Lady Khashtris' neuer Leibwächter, neben mir, natürlich.«

»Cimmerien!« Der dicke Wirt betrachtete Shubals

großen Begleiter mit sichtlichem Interesse. »Conan. Co-nan. Willkommen in Khauran, Conan. Ich bedauere Euch, daß Ihr Euch mit jemandem wie Shubal abgeben müßt. Ein hübsches Kettenhemd habt Ihr da. Ihr seid doch nicht von Shadizar, eh?«

Conan schüttelte den Kopf. »Ich nicht, aber das Kettenhemd ist von dort.« Er leerte seinen Krug in einem Zug. »Kleine Becher habt Ihr hier, Hilides.« Dann verzog er das Gesicht.

Hilides lachte. »Trinkt sich leicht, nicht wahr? Aber Ihr habt es ein wenig zu schnell hinuntergegossen. Da brennt es in der Kehle. Und wartet nur, bis Ihr es verdaut habt! Ihr werdet beim nächsten Furz eine Meile springen! Shubal schwört, daß Verenus sein Bier panscht.«

»Durchaus nicht, Hilides. Ich schwöre, daß *du* es panschst!«

»Ha! Ho ho!« Hilides schlug sich auf den Bauch, der — wie Conan jetzt sah — so fest wie ein muskulöser Schenkel war. »Das einzige, was bei mir Wasser bekommt, sind die Blumen in meinem Garten. Ich glaube, Verenus braut sein Bier aus Alfalfa, Conan. Seltsamerweise wird es jedoch gern getrunken.«

»Ja, aber nur, weil es billig ist«, brummte Shubal. »Und weil Verenus' Tochter sich zur kleinen Schönheit entwickelt. Uh, Conan, halt dich zurück. Unsere Lady hat es nicht gern, wenn jemand über den Durst trinkt.«

»Ich habe mir ja kaum die Kehle angefeuchtet!« Conan wandte sich an den Wirt. »Schenkt nach, Hilides, oder füllt mir lieber einen ordentlichen Krug, falls Ihr einen habt. Es geht auf Shubals Rechnung, bis unsere Lady sich von ein paar Münzen trennt. Außer Ihr schreibt es auch für mich an.«

»Für jemanden mit einer guten Anstellung, der

noch dazu Shubals Freund ist, jederzeit. Für das, was Euer Kettenhemd wert ist, könnt Ihr ein halbes Jahr lang Verenus' Gebräu trinken. Als Willkommenstrunk geht Euer zweiter Krug auf Kosten des Hauses.«

»Der zweite?«

»Ja. Den ersten habt Ihr ja so schnell hinuntergeschüttet, daß Ihr das Zeug nicht einmal kosten konntet. Eine solche Vergeudung unterstütze ich nicht.«

Conan grinste, während Shubal laut lachte. »Aber nur«, rief Hilides über die Schulter, »wenn Ihr mir von Shadizar und dem Abenteuer dort erzählt, Shubal.«

»Du könntest mir den Mund nicht stopfen, Hilides, selbst wenn du es wolltest«, antwortete der Shemit. Er schaute sich in der Weinstube um, nickte einem Gast zu und winkte einem anderen grüßend. Zu dieser frühen Nachmittagsstunde ließen außer ihnen nur drei andere Hilides etwas verdienen. »Oh — Hillie! Wie wär's mit einer kleinen shemitischen Wurst?«

Conan blinzelte erstaunt. »In diesem kleinen Weinhaus gibt es Wurst aus dem fernen Shem?«

»Nicht wirklich.« Shubal lächelte. »Hilides nimmt die übliche khauranische Sommerwurst, die seine Frau macht, fügt ein wenig Pfeffer, Salbei und Honig hinzu und nennt sie shemitische Wurst. Er verlangt dafür nicht mehr, und ich glaube auch, ich bin der einzige, der überhaupt den Unterschied kennt. Sie ist sehr beliebt hier, Conan. Ich finde sie wirklich gut. Läßt das Haar auf der Brust sprießen.«

Das war eine Redewendung, die Shubal gern benutzte, Conan jedoch weniger gern hörte, denn seine Brust war noch nicht behaart, so sehr er es sich auch ersehnte. Also ging er nicht darauf ein, sondern stützte den Ellbogen auf den kleinen runden Tisch und betrachtete die muskulösen Unterarme.

»Shubal«, fragte er plötzlich. »Was weißt du über diesen Sergianus?«

»So gut wie gar nichts. Ich glaube, niemand weiß viel über ihn. Aber er gibt mir plötzlich zu denken. Ich habe ihn heute erst zum zweitenmal gesehen, und da ist mir, im Gegensatz zum erstenmal, das Medaillon aufgefallen, das er an der Brust trägt.«

»Und was ist damit?«

»Ich glaube, ich kenne es. Oder zumindest habe ich eines gesehen, das genauso aussieht.«

»Weiter!«

»Nun, es ist mir ganz sicher nicht in Nemedien untergekommen, ganz einfach, weil ich noch nie dort war.«

»Und du meinst, er ist vielleicht ein Dieb? Oder hat gestohlenes Gut gekauft?«

»Um ehrlich zu sein, ich habe mir bis jetzt noch keine Gedanken darüber gemacht. Und was den Kauf von Diebesgut angeht — ich glaube, es gibt niemanden, der nicht schon einmal eines erstanden hat, ohne es zu wissen. Nein, ich denke mir eigentlich gar nichts. Es ist nur, daß ich mich ärgere, weil ich mich einfach nicht erinnern kann, wo ich dieses Medaillon — oder ein ähnliches — gesehen habe.«

»Ist dir irgend etwas — ah, Ungewöhnliches an Sergianus aufgefallen, Shubal?«

»Das kann man wohl sagen! Er hat eine merkwürdige Stimme — und einen Hang zum Selbstmord.«

»Wa-as? Was soll das heißen?«

»Conan, er macht unserer Königin den Hof. Und nach den Blicken, die die beiden — verstohlen, wie sie glauben — wechseln, und seiner Fürsorge für sie, ist es gut möglich, daß sie sich lieben.«

»Ein *größerer* Krug mit Verenus' Bier«, Hilides stellte

ihn ab, »auf meine Rechnung. Und ein Stück shemitischer Feuerwurst.« Er blieb neben Conan stehen.

»Danke, Hilides.« Der Cimmerier blickte den Wirt jedoch nicht an, sondern wandte sich fragend an den Shemiten. »Wieso ist das selbstmörderisch, Shubal?«

Hilides, der sich bereits halb umgedreht hatte, blieb stehen. »Selbstmörderisch?« erkundigte er sich erstaunt.

»Conan«, sagte Shubal, »auf den unglücklichen Königinnen von Khauran lastet nicht nur der Hexenfluch. Sie haben auch nie lange Glück mit ihren Prinzgemahlen. Unsere Königin Ialamis wurde mit vierzehn verehelicht, gebar ihre Zwillingstöchter mit fünfzehn ...«

»Und eine davon war eine Hexe!« warf Hilides ein und blieb interessiert stehen.

»... und war bereits mit siebzehn Witwe. Ein Fieber raubte ihr den Gemahl und hätte fast auch sie dahingerafft. Sie mußte monatelang das Bett hüten.«

»Ja, viele Monate lang«, warf Hilides ein. Er hatte sich wieder an den kleinen runden Tisch gestellt und mischte sich ungeniert in das Gespräch der beiden. »Und dann war sie noch ein ganzes Jahr schwach und kränklich. Manche meinen, daß sie sich überhaupt nicht mehr richtig davon erholt hat, obwohl es inzwischen vier Jahre her ist. Lord Arkhaurus glaubt, daß es auch seelisch, nicht nur — körperlich bedingt ist.« Bei dem Wort körperlich zögerte er und senkte die Stimme, als gehöre es sich nicht, über dergleichen in Verbindung mit der Königin zu sprechen. »Das scheint den jungen Herzogssohn aus Nemedien jedoch nicht zu stören, oder was meint ihr?«

»Gerade darüber haben wir uns soeben unterhalten«, murmelte Shubal, an einem Mundvoll der trügerisch bleichen Wurst kauend. »Conan und ich kamen eben erst aus dem Audienzsaal, und Conan fragte mich ...«

»Aus dem Audienzsaal! Und dann direkt *hierher?* Die Sterne sind mir hold! Welche Ehre für Hilides!«

»Tu nicht so, Hillie! Na ja, jedenfalls fragte Conan mich, ob mir etwas Ungewöhnliches an dem Edlen Sergianus aufgefallen ist, und ich antwortete, daß der Mann ganz offenbar eine Neigung zum Selbstmord hat.«

»Oh!« Hilides grinste und wackelte mit dem Kopf. »Weil er ständig um die Königin herumscharwenzelt? Geht es wirklich schon so weit? Ich habe auch so was munkeln hören, und ebenso, daß sie viel glücklicher zu sein scheint als seit Jahren. Das jedenfalls redet man, eh? Ich selber kann da natürlich nicht viel sagen. Ich habe keine Zeit, im Audienzsaal herumzustehen und unsere Königin und ihren galanten Besucher aus Nemedien näher anzusehen.« Er schaute sich um. »He, Merkes — unser Shubal ist gerade erst von einer Audienz mit der Höchsten gekommen!«

Der Mann an einem Tisch am anderen Stubenende blickte auf. »Ischtar? Mach dich nicht lächerlich. Sie spricht nicht mit Shemiten!«

»Ich meine doch die Königin ...«

Shubal drehte sich halb um, um dem Mann namens Merkes zuzurufen: »Und schon gar nicht mit jemandem, der so häßlich ist wie du, Merkes! Außerdem, nur um etwas klarzustellen: Ischtar ist eine shemitische Göttin, auch wenn ihr sie hier ebenfalls verehrt!«

»Ich meine doch die Königin!« sagte Hilides erneut, um wieder das Gespräch an sich zu reißen, das gar nicht von ihm ausgegangen war und in das er sich ungebeten eingemischt hatte.

»Unsinn!« knurrte Merkes aus der Tiefe seines üppigen schwarzen Bartes. »Sie wurde hier in Khauran geboren, genau an der Stelle, wo jetzt ihr Tempel steht, gegenüber vom Palast.«

»Ihr verdammten Chauvinisten!« mischte sich nun ein anderer Mann ein — der, dem Shubal zugewinkt hatte. Er saß in der gegenüberliegenden Ecke. »Ischtar kommt aus meinem Heimatland Nemedien!«

Shubal schüttelte lachend den Kopf. »Erstaunlich, diese Unwissenheit der Gäste, die es hierherzieht! Jeder weiß, daß Bel in Shumer in Shem geboren wurde ...«

»Wie kommt denn Bel plötzlich ins Gespräch?« wunderte sich Hilides.

»... und zwar genau vor viertausendneun Jahren, am Tag, als die Welt begann.«

»Bel wurde in Shem geboren, ehe es Shem gab?« erkundigte sich Hilides spöttisch.

»Ischtar«, fuhr Shubal fort, ohne den Wirt auch nur eines Blickes zu würdigen, »wird von den Pelishtiern — die ebenfalls von Shem sind — als ihre Göttin angesehen. Nach ihrer Überlieferung wurde die Stadt Asgalun an der Stelle erbaut, an dem Ischtar in all ihrer Schönheit mit voll ausgereiften weiblichen Formen aus einem Felsen erstand, der durch einen grünen Blitz gespaltet worden war. Selbst ihre Priester sind sich einig, daß sich das zweihundert Jahre nach Bels Geburt zutrug, als Bel sich nach einem Weib sehnte. Bei den Sternen, könnt ihr euch vorstellen, was das für ein Volk wäre, mit nur einem einzigen Gott und keiner Göttin? Oho!«

»Hast du gewußt, daß Bel der turanische Gott der Diebe ist?« versuchte nun auch Conan sein Glück. Aber niemand achtete auf ihn.

»Das ist ja das Schlimme an Stygien!« sagte Merkes

und ließ das Thema von Ischtars Ursprungsland fallen. »Es gibt dort nur einen einzigen Gott, diesen berüchtigten Set!«

»Ah!« Hilides grinste erfreut, daß er auch wieder etwas zu sagen hatte, und hob die Hand, um auch ja die Aufmerksamkeit auf sich zu lenken. Und damit ihm niemand dreinreden konnte, sprach er hastig: »Du hast wohl Derketo vergessen! Dieses sinnenfreudige Geschöpf ist ohne Zweifel weiblichen Geschlechts und stygischen Ursprungs! Was jedoch ein Volk ohne männliche Gottheit betrifft, da braucht ihr nur diese Wüstennomaden zu nehmen, die Habiru!«

»In Nemedien nennen wir Derketo die stygische Schlangenschlampe.«

Von nun an schwieg Conan und bemühte sich, das frischgebraute Bier nicht allzu schnell in sich hineinzugießen, während die anderen sich über Nichtigkeiten unterhielten. Götter! Wer interessierte sich schon dafür? Dort, von woher er kam, gab es wahrhaftig keinen Mangel an Göttern, deren oberster Crom war. Und dieser Gott, den nie jemand Vater genannt hatte, kümmerte sich überhaupt nicht um die Menschen, nachdem sie einmal geboren waren und er ihnen Mut mit in die Wiege gelegt hatte. Welcher Gott, der wirklich etwas von sich hielt, interessierte sich schon für die unwichtigen Angelegenheiten der Menschheit? Darum mußten sich wohl die Menschen selbst sorgen, und auch um ihre Götter, denen sie unsinnigerweise die Schuld zuschrieben für zumindest die Hälfte der Dinge, die schiefgingen, und die sie lobpreisten, wenn sie mal Glück mit etwas hatten. Derketo hörte sich allerdings recht vielversprechend an. Ihn beschäftigte jedoch viel mehr der Gedanke an Sergianus, über den er unbedingt mehr erfahren wollte, schon dieser unheimlichen Version wegen, die er im Audienzsaal bei seinem Anblick gehabt hatte.

»... Spinnengott drüben in Yezud«, sagte Merkes gerade.

»Shubal!« rief Conan laut. »Wie heißt der Bursche aus Nemedien?«

»Sergianus!«

»Schwachkopf! Den meine ich doch nicht. Ich möchte den Namen von dem wissen, der behauptet, Ischtar stamme aus Nemedien!«

»Ha!« warf da Hilides ein. »Da erkennt man gleich, daß die beiden Freunde sind! Conan hat Shubal gerade Schwachkopf genannt!«

»Jeder von dieser Statur«, sagte Merkes, »kann mich einen doppelten Schwachkopf nennen, wenn ihm danach ist.«

»Oh«, murmelte Shubal. »Das ist Nebinio.«

»Wie lange ist er denn schon von Nemedien weg?«

»Keine Ahnung«, sagte Shubal.

»He! Die beiden ignorieren uns wohl einfach, eh? Eh?«

»Neb!« rief Shubal. »Wie lange bist du schon von Nemedien fort?«

»Viel zu lange, bei Mitra! Aber was soll denn das schon wieder?«

Conan verdrehte den Hals, um den Burschen mit den kastanienbraunen Haaren in der Ecke anzuschauen. Nebinio trug eine Tunika, die früher vielleicht einmal — vor Jahren, als er sich zum letztenmal Haar und Bart hatte stutzen lassen — weiß gewesen war, dazu einen verschossenen Halbumhang, oder ein Cape, wie man es hier nannte, der entweder vor Schmutz starrte oder ungünstigerweise in einem Staubton gefärbt war.

»Es interessiert mich nur, was Ihr von Eurem Landsmann im Palast haltet«, rief Conan ihm zu. »Dem Sohn des Herzogs von Tor.«

»Woher seid Ihr, Großer?« erkundigte sich Nebinio leicht mürrisch.

»Aus Cimmerien. Ich heiße Conan.«

»Nun, ich habe es mir zur Regel gemacht, nie mit jemandem zu streiten, der Schwert und Rüstung trägt«, sagte Nebinio, der höchstens fünfeinhalb Fuß groß war. »Und ich kenne den Mann nicht, von dem Ihr sprecht. Sergianus heißt er, nicht wahr? Aber jedenfalls ist Tor kein Herzogtum.«

Conan drehte sich weiter um. »Sergianus behauptet, der Sohn des Herzogs von Tor in Nemedien zu sein.«

»Vielleicht will er sich bloß wichtig machen«, meinte Nebinio daraufhin. »Tor ist eine Baronie. Und der Baron dort heißt Amalric. Er ist etwa — oh, fünfzig, würde ich sagen. Sein Sohn und Erbe heißt ebenfalls Amalric.«

»Weitere Söhne hat er nicht?«

»Natürlich hat er weitere Söhne! Aber wen interessieren schon Zweit- oder Drittgeborene, ob sie nun edel sind oder nicht. Hilides! Willst du den Rest deines Lebens an dem Tisch dort drüben verbringen? Ich hätte gern noch eine Kanne Wein und ein Stück des Schwarzen.«

Hilides verließ den Tisch, an dem der Shemit und Conan saßen. Der andere Gast, der ruhige in Türnähe, legte klappernd eine Münze auf den Tisch und ging. Shubal fragte Conan verwundert:

»Weshalb interessierst du dich so für einen Nemedier? Noch dazu an deinem ersten Tag in Khauran!«

Conan blickte ihn ernst an. »Interessierst du dich

denn nicht für ihn? Schließlich ist es leicht möglich, daß er euer nächster König wird.«

»Nein — höchstens Prinzgemahl. Aber ich verstehe dich jetzt.«

»Ein zweiter oder dritter oder vierter Sohn eines Barons, der sich selbst erhebt, und von dem du glaubst, daß er ein Medaillon trägt, das du irgendwo anders als in Nemedien gesehen hast. Vielleicht ist er einer dieser verfluchten zingaranischen Abenteurer — oder ein stygischer Zauberer, der sich verwandelt hat und in Wirklichkeit so alt wie die Berge ist.«

»Ich weiß, daß du an Zauberei glaubst.« Shubal zuckte abfällig die Schultern. »Vermutlich habe ich mich mit dem Amulett, das er trägt, nur getäuscht. Hast du jetzt genug hier? Wir sollten zusehen, daß wir zurückkommen. Von Rechts wegen müßten wir bereits am Palast sein, und warten. Auf jeden Fall aber müssen wir dort sein, ehe die edle Lady Khashtris nach Hause gebracht werden will.«

»Ich brauche noch einen Krug Wein, um das Brennen von deiner verdammten Wurst zu löschen. Meine Zunge ist wie taub, und meine Gurgel fühlt sich an wie die eines Flammenschluckers im Basar von Arenjun.«

Shubal lachte. »Dann esse ich sie für dich auf.« Er schob den Rest von Conans Wurst in den Mund. »Es kann eben nicht jeder einen starken Magen haben.«

»Stark! Ha, deiner muß mit Messing verkleidet sein!«

»Komm schon, Conan! Wir können uns auch im Palast etwa zu trinken geben lassen.«

»Hm.«

Sie erhoben sich um aufzubrechen, trotz Hilides Proteste, weil er die Geschichte noch nicht gehört hatte, die er ›Shubals Abenteuer in Shadizar‹ nannte. »Morgen«, versprach ihm der Shemit und verließ mit Conan die kleine Taverne.

Vier Blocks weiter kürzten sie den Weg durch einen Markt ab. Holzstände mit bunten Sonnendächern, Kisten, Körben und Fässern standen dicht an dicht, und die Marktschreier boten lautstark frisches Gemüse, Obst und anderes Eßbares an. Conan atmete tief die nach Früchten und Süßigkeiten duftende Luft ein. Plötzlich faßte Shubal den Cimmerier an der Schulter und lenkte ihn zu einem Obststand mit rotem Sonnendach. In seinem Schatten saß eine fette, alte Frau mit Mondgesicht und nur noch wenigen Zähnen. Neben ihr stand eine hübsche junge Frau von üppigen Formen und erstaunlich vollem Busen, was selbst die weite Bluse unter der Schürze nicht ganz zu verbergen vermochte.

»Sfalana!« rief Shubal erfreut. »Hab ich dir gefehlt?«

Die junge Frau bedachte ihn mit einem kühlen Blick unter den buschigen, geschwungenen Brauen. »Oh, warst du denn weg?«

»Du schlimmes Weibsstück! Du weißt genau, daß ich fort war, und bestimmt hast du mich vermißt!«

»Mir wurde die Zeit jedenfalls nicht lange«, antwortete Sfalana und musterte Conan interessiert mit dunklen Augen. Die alte Frau begann mit lächerlich hoher Stimme zu lachen, die den Cimmerier an die Schakale der großen turanischen Wüste erinnerte.

»Warst wohl so sehr mit Melonenzählen beschäftigt?« fragte Shubal, ohne ihre kühle Haltung ernst zu nehmen. »Wie wär's mit einem Kuß?«

»Ich bin beschäftigt, Shubal!«

»Er will nur deine Melonen drücken!« schrillte die

Greisin und lachte erneut wie ein Schakal. »Warum kauft Ihr nicht statt dessen zwei richtige Melonen, Shubal? Sie werden Euch zwar nicht warmhalten, aber sie sind echte Korvekafrüchte, das schwöre ich.«

»O ja, natürlich!« spöttelte Shubal. »Ausgerechnet Ihr sollt Melonen aus Korveka bekommen ... Korveka — ja, jetzt hab ich's!«

Alle drei blickten ihn erstaunt an: die alte und die junge Frau und der hochgewachsene, breitschultrige Bursche, der stumm neben ihm stand.

»Korveka!« wiederholte Shubal.

»Ich schwöre es!« sagte die Greisin und lachte erneut.

»Wenn du ihr glaubst, kannst du genausogut glauben, daß Derketo Jungfrau ist«, sagte Sfalana. »Wo warst du denn überhaupt?«

Shubal langte über die aufgehäuften Früchte und griff nach den Händen des Mädchens. »In Shadizar mit Lady Khashtris. Sie wollte dort nur etwas einkaufen für sich und die Königin — aber es hätte uns fast beide das Leben gekostet. Wir wurden überfallen und ...«

»O Shubal!«

Oh, dachte Conan. Jetzt verstand er, weshalb Sfalana so kühl und distanziert zu Shubal gewesen war: sie liebte ihn, und er war eine Zeitlang fortgeblieben, ohne ihr vorher Bescheid zu geben, daß er dienstlich weg mußte. Ihre Augen und die verkrampften Hände verrieten ihre Besorgnis.

»Ja. Vier Straßenräuber töteten einen unserer Träger, der andere floh. Die beiden anderen Leibwächter waren an dem Komplott beteiligt, Sfalana. Einer täuschte vor krank zu sein, so daß wir in jener Nacht nur zwei zum Schutz der Lady waren, und der andere rannte gleich davon, als die Halunken angriffen. Das war auch abgemacht gewesen, wie wir später feststellten. Das — oh, Sfalana, das ist Conan. Er stammt aus Cimmerien. Er hat mir das Leben gerettet, und das der Lady ebenfalls.«

Sfalana wandte die großen, dunklen Augen dem Barbaren zu. »Ischtars Segen auf Euch, Conan von Cimmerien.« Doch sofort galt all ihre Aufmerksamkeit und Sorge wieder Shubal. »Wurdest du verwundet?«

»Ich bekam nicht einen Kratzer ab, ehrlich. Ich erzähl dir alles heute abend ausführlich, wenn es dir recht ist.«

Sie nickte. »Kommst du zum Abendessen?« Sie blickte auf Conan, als überlegte sie, ob sie ihn wohl auch einladen müßte, es aber nicht wirklich wollte.

»Uh — nein. Es ist besser, ich weise Conan noch ein. Er ist jetzt auch im Dienst der Edlen Khashtris, und weiß noch nicht einmal, wo er übernachten wird. Wir sind nämlich heute erst angekommen. Und jetzt müssen wir uns beeilen. Die Lady erwartet uns im Palast.«

»Im Palast!« rief die Greisin und lachte.

»Von Korveka«, sagte Conan und blinzelte ihr verschmitzt zu. Er war es leid, nur ein Außenstehender zu sein. Wieder lachte sie wie ein Schakal. »Was wißt Ihr denn von Korveka, Großer? Seid Ihr von Koth?«

»Nein, von Cimmerien. Im Norden ...«

»Ah! Cimmerien! Ich habe davon gehört! Es ist kalt dort. Aber persönlich habe ich noch nie jemanden von Cimmerien kennengelernt. Ich heiße Mishellisa, Conan von Cimmerien. Kommt heute abend mit Shubal, dann könnt Ihr Euch mit mir vergnügen.« Erneut lachte sie, um ihm zu zeigen, daß es nur ein Spaß sein sollte. Conan hielt es für besser, seinen Satz fortzusetzen, als hätte er ihren gar nicht gehört.

»... von hier. Von Korveka habe ich noch nie gehört, jedenfalls nicht, ehe Ihr es erwähnt habt. Es war auch von mir nur ein Spaß, weil Ihr doch gesagt habt, die Melonen seien von Korveka.«

»Habt Ihr das gehört, Shubal, Ihr ungläubiger Shemit! Euer großer Freund glaubt mir!«

»Wenn du ihr glaubst, wirst du auch glauben, daß Derketo Jungfrau ist«, ahmte Shubal Sfalanas Worte nach. Während die Greisin kicherte, wandte Shubal sich an Sfalana. »Also dann, bis später.« Er drehte sich zu Mishellisa um. »Geht heute lieber früh zu Bett, Großmama!«

Ihr Schakalgelächter folgte den beiden jungen Männern, als sie sich entfernten. Shubal blickte zum Himmel hoch.

»Wir müssen uns beeilen«, brummte er.

Conan beschleunigte den Schritt. »Was ist Korveka?« erkundigte er sich.

»Eine Baronie von Koth, unmittelbar an unserer Westgrenze«, erwiderte Shubal. »Von Rechts wegen müßte es eigentlich zu Khauran gehören. Khauran war früher ein Teil von Koth, weißt du? Damals, zur Zeit des Imperiums.«

»Hmmm. Irgendwie warst du aufgeregt, als du den Namen hörtest.«

»Verzeihung, meine Dame.« Shubal hätte fast eine Frau angerempelt. »O ja. Das Wiedersehen mit Sfalana und die Vorfreude auf heute abend hätten es mich fast wieder vergessen lassen. Ja, Korveka! Dort habe ich das Medaillon gesehen — ich meine, das, das so ähnlich wie Sergianus' aussieht. Und zwar um den Hals des Barons von Korveka von Koth! Vor ein paar Jahren, auf meinem Weg hierher, bin ich durch sein Land gekommen.«

»Paß doch auf, wohin du trittst, Tölpel!«

Das galt Conan, und der Tadel kam von einem eiligen Mann in leuchtend grünem Gewand, das überall weit war, außer um den Bauch. Conan starrte den vielkinnigen Burschen an, der vor sich hinmurmelnd davonhastete.

»Wie sieht der Lord von Korveka denn aus, Shubal?«

Shubal lachte kurz auf. »Ganz gewiß nicht wie der stramme Sergianus. Sein Sohn könnte vielleicht so aussehen. Es liegt schon fünf Jahre zurück, und der alte Sabanitus — nein, Sabaninus, ja, Sabaninus, ist inzwischen vermutlich schon tot. Er war ein alter Mann, Conan, ein sehr alter Mann. Sergianus könnte dem Alter nach eher sein Enkel als sein Sohn sein.«

Conan dachte darüber nach und über seine Vision im Audienzsaal der Königin, während sie durch Khaurans Hauptstadt zum königlichen Palast schritten.

6

ZAUBEREI!

Nachdem Conan mit den vier Angehörigen des Haushalts der Edlen Khashtris bekannt gemacht worden war, führte Shubal ihn zu dem Schlafgemach, das sie miteinander teilen würden. Es war größer als die meisten, in denen Conan bisher die Nacht verbracht hatte, und auch größer als die Hütten und Katen vieler Bauernfamilien. Die fast kugelförmige blonde Magd versicherte ihm wieder und immer wieder, daß das Bett sauber und frisch bezogen sei.

Conan schlüpfte aus dem Kettenhemd und dem gepolsterten Wams darunter. Die noch rundere und noch fettere Mutter der Magd, so blond wie sie, nahm seine Maße. Die Herrin hatte ihr aufgetragen, zwei Tuniken für den neuen Leibwächter zu nähen. Evriga murmelte vor sich hin, während sie seine Maße notierte. Als ihre Tochter sich laut fragte, ob der kräftige junge Mann wohl überall so groß war, schickte Evriga sie aus dem Gemach. Kaum hatte ihre Tochter es verlassen, stemmte die Mutter die Hände an die Hüften und wandte sich an den Cimmerier.

»Daß Ihr mir ja die riesigen Pranken von dem Mädchen laßt! Hört Ihr?«

Conan wäre überhaupt nicht auf diese Idee gekommen und hätte sich mit dem jungen Ding höchstens beschäftigt, wenn sie allein auf einer fernen Insel gestrandet gewesen wären und keine Hoffnung bestanden hätte, sie in absehbarer Zeit wieder verlassen zu können. Trotzdem antwortete er höflich, ohne beleidigt zu sein oder auch nur zu grinsen, obwohl Shubal, der hinter Evriga stand, Grimassen schnitt.

»Ich höre und gehorche«, sagte er ruhig.

»Hmpf. Ich weiß nicht, ob ich Euch glauben kann«, brummte Evriga.

»Soll ich einen Eid darauf leisten?«

Erneut hmpfte Evriga und nahm weiter Maß.

Conan hielt sich ganz still und sagte von oben herab, da er hoch über Evriga hinausragte: »Ich werde Eure Tochter nicht anrühren, das schwöre ich bei Crom, dem grimmigen Gott der Berge, und bei Badb und Lir und Macha, und bei Manannann und Morrigan ebenso, und auch bei Nemain, dem Heimtückischen.«

»Ich habe noch nie auch nur von einem einzigen davon gehört«, sagte Evriga. »Bei Ischtar, das sind *Arme!*«

»Ich schwöre es auch bei Ischtar, die, wie alle wissen, aus Nemedien ist, und bei Set, und ich schwöre es auch bei Derketo ...«

»Vergeßt doch diese stygische Schlampengöttin, Barbar!«

»Und bei Yog«, erklärte Conan feierlich, »dem König der Dämonen.«

»Schon gut«, wehrte die Frau ab. »Schon gut.« Und da sie mit Maßnehmen fertig war, verließ sie das Gemach der beiden Leibwächter.

Kaum war sie gegangen, überschlugen die beiden Männer sich vor Lachen, und Shubal prustete schließlich heraus, daß es in Wahrheit Evriga war, die ein Auge auf ihn hatte, und dann lachte er erneut los. Conan antwortete nicht. Evriga mochte eine gute Mutter sein, dachte er, und vermutlich auch eine weiche Unterlage, aber sein Geschmack war sie nicht.

»Zwei Tuniken!« rief er. »In meinem ganzen Leben habe ich noch nie drei Tuniken gleichzeitig besessen, Shubal!«

»Wo du doch schon soo alt bist!« Der Shemit grinste. »Wie alt bist du eigentlich, Conan.«

»Zwanzig.«

»Hm. In mancher Weise hätte ich dich für älter gehalten, in anderer für jünger. Auch ich bin zwanzig, mein Mitleibwächter der edlen Lady Khashtris.«

Conan, der in Wirklichkeit erst siebzehn war, nickte. Dann machten die beiden sich zum Abendessen auf. Spartus, Khashtris' Haushaltsvorsteher, überreichte dem neuen Mann eine Silbermünze.

»Dein Schwert ist etwa drei davon wert, und für acht würdest du ein gutes Pferd bekommen, Conan«, rechnete er ihm vor. »Das ist ein Vorschuß auf deinen Lohn, damit du nicht ganz ohne Mittel bist in Khauran.«

»Wieviel«, wandte Conan sich an Shubal, »kostet ein Krug Bier bei Hilides?«

»Zwei ein Kupferstück. Die Silbermünze kannst du gegen zwanzig gute Kupferstücke umtauschen.«

»Dann bin ich ja fast reich genug, um mich anzutrinken.« Grinsend ließ Conan das Silberstück mit dem Kopf der Königin verschwinden.

Shubal erhob sich lachend. Er sagte, er habe noch was vor, und verließ das Haus. Conan, der wußte, was er vorhatte, wünschte sich, er könnte den Abend auf ähnliche Weise verbringen. Aber er wußte auch, daß er im Dienst war, ob nun in Khauran Gefahr für Khashtris bestand oder nicht. Er beendete sein Abendessen und ging hinaus, um sich im Garten hinter dem Haus umzusehen. Zum Zeitvertreib versuchte er sich mit dem Gärtner zu unterhalten, doch der Mann hatte kein Bedürfnis nach Geselligkeit. Er wollte unter den raschelnden Bäumen und zwischen den duftenden Blumen allein sein, und so antwortete er auf Conans Fragen sehr wortkarg.

Es war nicht schön, neu in einer Stadt zu sein und zu wissen, daß der einzige Freund, den man hier hatte, sich mit einer Frau vergnügte, während man selbst überhaupt keine Gesellschaft hatte. Mißmutig zog Conan sich in sein und Shubals Gemach zurück.

Shubal fehlte ihm. Conan warf sich aufs Bett, dann setzte er sich auf und schließlich stapfte er ruhelos herum. Er dachte darüber nach, was der heutige Tag ihm alles gebracht, was er Neues gelernt und erfahren — und was er zu sehen geglaubt hatte, in dem Augenblick, als seine Seele in den Körper zurückkehrte. Doch sein Nachdenken machte seine Langeweile noch schlimmer, und immer wieder drängte sich ihm das Bild auf, was Shubal jetzt gerade mit Sfalana tat.

Und allzu sehr war ihm auch Khashtris' Anwesenheit in diesem nächtlichen Haus bewußt — in *ihrem* Haus. Dem Haus der *Edlen* Khashtris, die seine Arbeitgeberin und Kusine der Königin war, kein verängstigtes und dankbares Mädchen unter einem zusammengestürzten Zelt.

Schließlich hielt er es nicht mehr aus. Er mußte das Gemach verlassen, das zu eng und gleichzeitig zu groß für ihn geworden war und dessen Wände ihn höhnisch anzustarren schienen.

Er trat durch die Tür. Im Haus war es dunkel und still. Lautlos wie ein Panther streifte Conan durch die Korridore mit den weichen Läufern auf farbigem Marmormosaikboden und fand die Tür zum Garten. Bäume wisperten, und der Duft des frischen Grüns drang ihm in die Nase. Im schattendurchzogenen Mondschein schritt er kreuz und quer durch den Garten, bis er sich genau eingeprägt hatte, wo sich jeder Baum, jeder Busch, jedes Beet befand. Er hätte sich gefreut, wenn ein Attentäter oder auch mehrere versucht hätten, über die Mauer zu klettern. Doch keiner kam, und nichts tat sich, und die Bäume schienen ihm geradezu aufdringlich von Zweisamkeit und Liebe zuzuflüstern.

Nachdem er um das Haus herumspaziert war, stieg Conan zur Terrasse hoch und setzte sich eine Weile zwischen die Säulen mit ihren eckigen Sockeln und betrachtete sie. Aus ihrer himmelblauen Bemalung hoben sich radschlagende Vögel in Grün, Gelb und tieferem Blau ab.

Aber auch sie konnten sein Interesse nicht lange fesseln. Er erhob sich. Sein Versuch, ins Haus zurückzukehren, scheiterte an der verschlossenen Tür. Auch gut, dachte er. Schließlich hatte eine Lady, die ihm vertraute, ihn als Leibwächter angestellt. Er ging wieder zur Rückseite.

Jetzt war auch die Hintertür von innen verriegelt. Sehr vernünftig, aber ...

Na ja, dachte Conan, es hat ja niemand gewußt, daß ich das Haus verlassen habe. Ein sehr zuverlässiger Haushaltsvorstand, dieser verdammte Spartus! Aber was soll's.

Und so verbrachte der Cimmerier seine erste Nacht in Khauran im Garten.

Es dämmerte kaum, da setzte Conan sich mit brummendem Magen auf die Terrasse und wartete darauf, daß jemand aus dem Haushalt der edlen Lady Khashtris endlich aufwachte. Aber es dauerte noch eine Weile, bis die Tür für den Tag geöffnet wurde. Conan erklärte, was los war, und Evriga kugelte sich vor Lachen. Das reichte Conan, aber er schwieg. Doch das war noch nicht genug. Während er allein über seinem Frühstück saß, regte sich die Köchin über seine stinkende Tunika auf.

Ohne von seinem Teller mit Haferschleim aufzublikken, sagte Conan ruhig: »Dein Atem stinkt noch mehr. Und jetzt will ich nichts mehr hören! Füll mir den Teller noch mal mit deinem gerade noch genießbaren Brei, sonst erzähle ich unserer Arbeitgeberin vielleicht, wie du schon am frühen Morgen den Wein trinkst, der eigentlich zum Kochen bestimmt ist!«

Schweigend erhielt er einen neuen gehäuften Teller voll Haferbrei und wurde in Ruhe gelassen.

Shubal betrat den kleinen Raum, gerade als Conan mit dem Essen fertig war. Sie lächelten einander zu, und der Shemit zwinkerte, doch keiner der Männer sagte etwas. Ich wäre lieber irgendwo Söldner, als mich hier zu langweilen, dachte Conan, während der andere sich mit seinem Frühstück beschäftigte.

Den ganzen Vormittag gab es für Conan nichts zu tun, und seine Langeweile wuchs. Erst am Nachmittag durften er und Shubal endlich, wenn auch zweifellos unnötigerweise, ihre Lady zum Rathaus begleiten. Während Khashtris sich im Innern aufhielt, kam Arkhaurus durch die hohen Säulen, die mit buntem Schnörkelmuster verziert waren. Er näherte sich dem Cimmerier.

»Ihr habt Lord Sergianus gestern arg angestarrt, Conan«, sagte der Berater der Königin. »Die ganze Zeit, während Ihre Majestät die Handlung durchführte, die Euch von der Schwarzen Magie befreite. Was war der Grund Eures Starrens?«

»Ich — gestattet Ihr, daß ich Eure Frage mit einer

Frage beantworte, Arkhaurus? Wie kam der edle Lord hierher?«

»Ah — Ihr glaubt also, Ihr kennt ihn von früher?« Arkhaurus' Augen waren so dunkel, daß sie fast nachtschwarz wirkten, und sie schienen Conan wie scharfe Onyxsplitter durchbohren zu wollen. Heute trug der Berater eine lange weiße Tunika über beigefarbigen Beinkleidern, aber auch wieder die Silberkette mit dem Karneolsiegel. Als Conan schwieg, fuhr der große Mann fort:

»Da Ihr Leibwächter der Kusine Ihrer Majestät seid und fast so etwas wie ein Held, weil Ihr sie sicher aus Shadizar der Verruchten heimgebracht habt, werde ich es Euch sagen. Die Wachen am Westtor sahen ihn als erste. Einen erschreckenden Anblick bot er in seiner blutigen und zerfetzten Kleidung, die zweifellos zuvor sehr prächtig gewesen war. Zu Fuß hatte er sich bis fast vors Tor geschleppt. Er nannte Stand und Namen, und man glaubte ihm, denn seine Manieren waren untadelig, und auch wegen seines Medaillons, das zweifellos nur einem aus hohem Haus zusteht und keinesfalls neu ist. Die Wachen brachten ihn zu Acrallidus, während wir beide ins Gespräch vertieft waren. Wir veranlaßten, daß man ihn bade, und stellten ihm Gewänder zur Verfügung. Beim Wein erzählte er uns, daß Räuber ihn überfallen und seine beiden Gefolgsleute getötet hatten, aber flohen, als sie einen Hund bellen hörten, weil sie glaubten, es käme ihm jemand zu Hilfe. Die Reitpferde des Herzogsohns Sergianus und seiner Leute nahmen sie mit, auch die Packtiere.«

»War er verwundet?«

Arkhaurus schüttelte den Kopf. »Außer einer kleineren Schnittwunde an seiner Schwerthand hatte er keine Verletzungen davongetragen.«

»Dann hat er also auch gekämpft. Das Blut an seiner Kleidung kam demnach von seinem Schwert, mit dem er zumindest einen der Räuber verwundet haben muß.«

»Ich sehe, daß Ihr etwas vom Kampf versteht. Ich bin der gleichen Ansicht wie Ihr. Gut, mein Junge. Wir baten um sein Einverständnis und seine Geduld, und schickten unsere Leute aus, um sich umzusehen. Er wirkte auf herrische Weise ungehalten darüber, daß wir seine Geschichte bestätigt sehen wollten, hielt uns jedoch nicht davon ab. Er ist überhaupt von sehr angenehmem Wesen. Unsere Männer kehrten zurück und berichteten, daß sie die Toten, Blut und die Abdrücke vieler stampfender Hufe gefunden hatten. Die Spuren führten westwärts in Richtung Koth.«

»Nach Koth.«

»Ja, ganz offensichtlich sind die Banditen dorthin geflohen.«

Die Pferde, zumindest, dachte Conan. Schweigend nickte er, als Aufforderung für den etwa Fünfundzwanzigjährigen, fortzufahren.

»Ein blutiges Schwert war auf dem Kampfplatz zurückgeblieben, ansonsten hatten die Räuber alle Waffen mitgenommen.«

»Ohne Sergianus zu töten.«

Arkhaurus spitzte die Lippen und warf Conan einen tadelnden Blick zu. »Lord Sergianus«, sagte er und betonte den Titel, »erklärte uns, daß er betäubt lag und die Räuber ihn für tot gehalten haben mußten, nachdem seine Männer getötet und er von seinem Pferd abgeworfen worden war. Sie kamen gerade auf ihn zu, um sich seines Todes zu vergewissern, als sie den Hund hörten. Einer schloß, daß dieses Bellen nur die Nähe von Menschen bedeuten konnte, und schließlich waren sie ja ursprünglich nur zum Rauben, nicht zum Morden gekommen. Und dann galoppierten die drei davon.«

»Erwähnte *Lord* Sergianus, daß einer verwundet worden war?«

»Er sagte, zwei hätten Wunden davongetragen. Jedenfalls, nachdem sie fort waren, erhob der Herzogssohn sich und kam zu Fuß hierher. Wir brachten ihn zur Königin. In unserer Gegenwart erzählte er auch ihr seine Geschichte, genauso wie uns zuvor. Unsere gütige Herrscherin bot ihm Unterkunft und Kleidung, da er ja der Sohn eines Edelmanns und so fern seiner Heimat in unserem Land beraubt worden war. Das war vor etwa zwei Monaten. Seither ist er hiergeblieben.«

»Und macht Königin Ialamis den Hof.«

»Es tut ihr gut, und er scheint ehrliche Zuneigung für sie zu empfinden, das sieht jeder. Unsere arme Königin war lange eine sehr einsame und unglückliche Frau, Conan. An ihrem nächsten Geburtstag wird sie einundzwanzig. Sieben Jahre lang hat sie die Last der Krone und ihres Unglücks getragen, und nur einmal geboren, allerdings Zwillinge — Ihr habt davon gehört?«

»Ja.«

»Und vom Fluch, der über dem Königshaus von Ashkaurus liegt?«

»Ja.«

»Und daß es unsere arme Ialamis war, die die Hexe in diesem Jahrhundert gebar und die tapfere, einzig mögliche und doch schreckliche herzzerreißende Entscheidung traf — und ganz allein —, die die Hexe betraf, das Kind, das sie in ihrem Schoß ausgetragen hatte.«

»Ich weiß es, ja. Auch daß sie nach zwei Jahren zur Witwe wurde.«

»Richtig. Dann könnt Ihr Euch sicher vorstellen, daß es keine glückliche Königin war, die zu beraten ich die Ehre habe und die mir wie eine eigene Tochter ist. Sie sieht älter aus, als sie ist, Conan, und wirkte noch älter, ehe der nemedische Lord hier ankam. Sie kannte keinen ruhigen Schlaf und litt grauenvoll unter den Alpträumen, in denen ihr totes Baby weinte, das man in der Wüste ausgesetzt hatte. Das Kind war Salome, eine Hexe, die das Böse verkörperte. Aber trotzdem war es das Kind, das sie neun Monate getragen hatte — *ihr* Kind war es, das sie zum Tode verdammen mußte!«

Conan nickte. Wenn erst einmal eine Frau ein Kind von ihm haben würde, er könnte sich nicht vorstellen, daß er seinen Tod zu befehlen imstande sein würde, gleich welchen Grund es dafür gäbe. Jedenfalls brächte er es sicher nicht fertig, solange es ein Baby war.

»Ja, ich verstehe es«, sagte er. »Und ich danke Arkhaurus, dem Ratgeber der Königin, daß er sich so viel Zeit nimmt, mir von Khauran zu erzählen. Und dann kam also der Sohn des nemedischen Herzogs.« Nur daß Tor überhaupt kein Herzogtum ist, dachte er.

»Der junge Herzog von Tor, ja. Ich habe die Jahre von der Königin abfallen sehen wie verwelkte Blätter von einem starken Baum, der im Frühjahr wieder neu blühen wird. Ich habe gesehen, wie in ihre trostlosen Augen Leben zurückkehrte, Conan. Jetzt ist sie wieder fröhlich und fast mädchenhaft. Es hätte ihr — und Khauran — nichts Besseres widerfahren können, als Lord Sergianus' Erscheinen. Genau wie Eures für ihre edle Kusine, der Ihr ihr das Leben gerettet habt. Meine Königin und Herzogssohn Sergianus sind bis über beide Ohren ineinander verliebt, obgleich es noch nicht weiter gegangen ist.«

»Jedenfalls bis jetzt noch nicht.«

Die Worte kamen von Shubal, der sich ihnen angeschlossen hatte, ohne bisher von Arkhaurus bemerkt worden zu sein. Conan hatte ihn zwar kommen sehen, jedoch den Ratgeber der Königin nicht unterbrechen wollen. Jetzt wandte Arkhaurus die scharfen Augen Shubal zu.

Hastig sagte Conan: »Die Aussicht, daß ein landloser Nemedier Prinzgemahl werden könnte, stört Euch demnach nicht.« Es war mehr eine Feststellung denn Frage.

»Richtig. Es würde mich nicht stören.«

»Jedenfalls besser«, warf Shubal ein, »ein landloser Abenteurer, als einer, der Verwandter des Königs eines Landes ist, das Khauran seit langem schon einverleibt sehen möchte.«

»Shubal meint damit natürlich Koth«, sagte Arkhaurus. »Aber gewiß können wir den Herzogssohn Sergianus nicht Abenteurer nennen.«

»O nein, nein.« Shubal schüttelte den Kopf. »Ich meinte nur, selbst wenn er es wäre, würde man es bestimmt lieber sehen, als wenn er ein Kothier wäre. Für das reiche Ackerland Khaurans würde Koth ohne Zaudern seine westlichen Provinzen aufgeben.«

»Hm.« Arkhaurus hatte nicht die Absicht, sich hier auf irgendwelche längeren Diskussionen einzulassen. »Conan, Ihr habt meine ursprüngliche Frage nicht beantwortet. Ich wollte wissen, weshalb Ihr Lord Sergianus so angestarrt habt. Hattet Ihr ihn schon früher einmal gesehen?«

»Nein, ich — was ich sah, war …« Ein Plan blitzte plötzlich wie ein funkelnder Edelstein in Conans Kopf auf — oder als wäre er mit einem unfühlbaren Pfeil in seinen Kopf geschossen worden. »Arkhaurus — könnt Ihr Turanisch lesen?«

Der Staatsmann blinzelte verwirrt, nickte jedoch. »Ja«, antwortete er und fuhr auf turanisch fort: »Ja, ich kann es sprechen, lesen und schreiben, Conan. Weshalb fragt Ihr?«

»Weil es die einzige Sprache ist, die ich schreiben kann — wenn auch nicht sonderlich gut. Shubal — kannst du schreiben?«

Shubal blickte verlegen drein. »Ich — nun, so einigermaßen, auf shemitisch.«

»Das ich nicht lesen kann«, sagte Arkhaurus.

»Ich auch nicht«, brummte Conan.

»Eigentlich«, sagte Shubal, »schreibe ich Shemitisch recht gut, und Kothisch bloß einigermaßen.«

Conan wußte, daß Khauranisch lediglich eine leichte Abwandlung des Kothischen war und es bei der Schrift nur sehr geringe Unterschiede gab.

»Dann möchte ich einen Versuch machen. Shubal — ich will jetzt den Namen des Mannes nicht sagen, ich meine den, über den wir gestern gesprochen haben. Ich möchte, daß du seine Beschreibung niederlegst. Du weißt schon, der mit dem Medaillon.«

»Sergianus?«

»Nein, der andere — und ohne den Namen zu erwähnen, Shubal!«

»Oh, der ist bestimmt inzwischen längst tot. Es sind mehr als vier Jahre her, fünf fast.«

»Na tu schon, worum ich dich gebeten habe.«

Shubal erklärte sich einverstanden. Sie betraten das weißgetünchte Gebäude. Der alte Schreiber in dem Raum gleich neben dem Eingang rückte nur widerwillig mit zwei Streifen frischen Pergaments heraus, für zwei Raufbolde von Söldnern noch dazu. Aber da sie die Leibwächter der Edlen Khashtris waren und die Bitte noch dazu vom Berater der Königin kam, konnte er den Wunsch nicht verweigern. Sogleich fingen Conan und Shubal an, mit dem Rücken zueinander, jeder eine Beschreibung anzufertigen. Arkhaurus, der sich nicht zusammenreimen konnte, worum es hier ging, wartete mit sichtlicher Ungeduld und sah aus, als würde er jeden Augenblick seinem Unwillen Luft machen.

Immer wieder hielten die beiden inne, um in ihrer Erinnerung zu graben oder die richtigen Worte zu finden. Shemit und Cimmerier tauchten immer wieder ihren Federkiel ins Tintenfaß und kritzelten schwerfällig. Jeder fluchte mehr als einmal in einer anderen Sprache als der, in der er schrieb.

Conan war als erster fertig, aber Shubal brauchte nicht viel länger. Arkhaurus blickte Conan fragend an, woraufhin der Shubal ersuchte, vorzulesen, was er geschrieben hatte.

»Ja«, sagte der Shemit erleichtert. »Es ist besser, ich lese es selbst, nicht Arkhaurus — bei meiner Rechtschreibung! ›Er ist sehr alt‹«, las er stockend wie ein Schuljunge, obgleich er selbst und eben erst die Worte geschrieben hatte. »›Der größte Teil seines Kopfes ist kahl. Das bißchen übriggebliebene Haar ist weißgelb und hängt in dünnen Strähnen über die Ohren herunter. Sein Schädel hat Flecken von orangefarbigem Braun, seine Hände auch, und er blinzelt ständig, ich glaube, weil er nicht mehr gut sieht. Sein linkes Augenlid hängt herunter, sein Mund ebenfalls, und er hat tiefe Falten darum herum. Die Zähne sind gelb, rechts fehlen zwei ...‹«

»Oben oder unten?« wollte Conan wissen.

»Unten. ›Sein Schnurrbart ist weiß und links etwas

voller‹ — nein, rechts — ›als links. Er ist schrecklich dürr. Seine Haare sind gelb vom Alter, und auf den Händen hat er gar keine, aber da‹ — ich meine auf dem Handrücken — ›stehen die Adern ganz hoch heraus. Sie zittern.‹«

Der Shemit blickte auf. »Das ist alles«, sagte er schulterzuckend.

Conan war sichtlich blaß geworden. »Und das ist die Beschreibung von ...«

»Sabaninus, dem Baron von Korveka in Koth.«

»Jetzt sagt endlich, Conan, was ist der Zweck dieser Schuljungen-Übung?«

»Arkhaurus. Hier ist Zauberei im Spiel. Ein Mann versicherte uns gestern, daß Tor eine Baronie in Nemedien sei, kein Herzogtum. Will Sergianus sich nur zu mehr machen, als er ist, oder *weiß er es nicht besser?* Und Shubal erkannte sein Medaillon, ich meine Sergianus'. Er sah es, oder ein genau gleiches vor fünf Jahren an der Brust des Barons von Korveka, das in Koth liegt.«

Arkhaurus seufzte und hob beide Hände mit den Handflächen nach oben. »Na und wenn schon? Was soll daran so wichtig sein?«

»Folgendes«, sagte Conan. »Sergianus sprach gerade, als die Königin sich daran machte, den Zauberspiegel für mich zu zerbrechen. Als er zerschmetterte, kehrte meine Seele wieder. In diesem Augenblick blickte ich auf Sergianus. Und — er *veränderte sich!* Wo er stand, sah ich einen anderen Mann in derselben Kleidung und mit dem gleichen Medaillon. Ich war noch nie zuvor so weit im Südwesten wie Khauran, und ich habe auch Korvekas Herrscher noch nie gesehen. Aber das ist, was ich gestern sah, als ich neben Eurer Königin stand, königlicher Berater.«

Und Conan las laut von seinem Pergament:

»›Ein großer hagerer, sehr alter Mann mit kahlem Oberkopf, der dicht mit Altersflecken übersät ist. Gelbweißes Haar hängt wie ein zerrupfter Vorhang über seine Ohren. Auch sein Schnurrbart ist weiß und vergilbt vom Alter, und hat links eine Lücke. Sein linkes Augenlid, sein Schnurrbart und die Mundwinkel hängen schlaff nach unten. Tiefe Furchen durchziehen sein Gesicht, vor allem um den Mund, dem unten rechts zwei Zähne fehlen. Seine Hände zittern, und die großen hervorquellenden Adern auf den Handrükken sehen aus wie Würmer unter der unbehaarten, glänzenden Haut. Auch sie ist mit den gleichen orangebraunen Flecken übersät wie der kahle Teil seines Schädels. Außerdem hat er eine kleine braune Warze in der Wangenfalte neben dem linken Nasenflügel.‹«

»Die hat Baron Sabaninus auch!« Shubal schrie es fast. »Das — das, was du geschrieben hast, ist genau, wie er aussieht!« Beunruhigt kratzte er sich an der Brust. »Aber wie ...«

»Zauberei!« brummte Conan.

»Unmöglich«, sagte der Berater der Königin. »Zufall. Die Beschreibung paßt auf viele Männer in hohem Alter. Was hätte eine solche Situation schon zu bedeuten? Was spielt es für eine Rolle?«

»Für Khauran könnte es eine große Rolle spielen«, gab Conan zu bedenken. »Angenommen, einem kothischen Edelmann wurde irgendwie der Anschein von Jugend verliehen, und er wurde hierhergeschickt — vermutlich von dem König, von dem Ihr glaubt, daß er es auf Khauran abgesehen hat —, um die Liebe Eurer einsamen Königin zu erringen und sie zu ehelichen.«

»Damit Khauran zu Koth kommt!« platzte Shubal heraus.

»Zauberei!« wiederholte Conan. »Und ich, der bis gestern selbst ein Opfer von Zauberei war, konnte im Augenblick der Befreiung von dem Zauber, der auf mir lastete, durch diesen anderen Zauber sehen.«

Die drei Männer starrten einander an, als Khashtris durch die vielfarbigen Säulen getrippelt kam, um nach Hause begleitet zu werden.

Als der Sonnenuntergang den Palast in sein tiefes Rot tauchte und violette Schatten ins Innere fielen, saß Ialamis ganz dicht neben Sergianus, der die Für und Wider eines Vorschlags von Acrallidus erwog. Der junge Lord blickte vor sich hin, während die Augen der Königin an seinem Gesicht, an seinen Lippen hingen. Verträumt überschatteten die Lider diese dunklen Augen, ohne ihr Leuchten zu verbergen, die Liebe, die sie ganz erfüllte. Mancher Sklaven Blick ruht so auf ihren Herren.

Ihr Knie bewegte sich ganz leicht, um seines zu berühren. Da schaute er sie an. Vorwurfsvoll und zweifellos nicht so, wie man mit einer Königin spricht, sagte er: »Ialamis! Hörst du mir überhaupt zu?«

»Ja«, sagte sie weich. »Wenn du es für eine schlechte Idee hältst, werde ich es Acrallidus sagen, und man wird nie wieder etwas davon hören.«

»Deine Stimme klingt, als träumtest du.«

»Das tue ich auch.«

»Kannst du denn den Dingen, die dein Reich betreffen, nicht ein wenig mehr Aufmerksamkeit schenken?«

»Nicht, wenn ich allein mit dir bin.«

»Kannst du nicht aufhören, mich so anzusehen!«

»Nein, Sergianus«, erwiderte sie sanft. »Soll ich es denn wirklich?«

Er tätschelte achtlos und flüchtig ihren Schenkel. »Ich muß gehen.«

»Warum?« fragte sie sehnsüchtig. Sie schmiegte sich an ihn, und ihre Lippen öffneten sich leicht.

Leicht, nur oberflächlich, berührte er die weichen Lippen mit seinen. Seine Hände umklammerten ihre Arme und schoben sie von sich. »Weil es sein muß«, antwortete Sergianus. Er erhob sich und verließ die Königin von Khauran.

Verträumt blickte sie ihm nach und seufzte.

Kaum war er aus dem Gemach, entspannte Sergianus' Gesicht sich zu einem triumphierenden Lächeln. Jetzt habe ich sie soweit! dachte er. Und wenn ich mich noch eine Weile so kühl stelle, wird sie bald um meine Liebe betteln! Er grinste und ging zu seinem eigenen Gemach im Palast.

Dort wartete Arkhaurus, der Berater der Königin, auf ihn.

7

ROSELA ... UND DIE MEUCHELMÖRDER

Am folgenden Abend begab Khashtris sich zum Palast, um mit der Königin und anderen Karten zu spielen. Sie würde dort übernachten, und wenn nicht, von königlichen Wachen heimgebracht werden. Also waren Shubal und Conan diese Nacht dienstfrei. Nebeneinander schlenderten sie zu Hilides' Taverne.

Über dem ersten Krug Bier behauptete Conan immer noch hartnäckig, daß jemand ihnen heimlich gefolgt war, als das Mädchen an der Tür der Weinstube erschien. Sie zählte etwa fünfzehn Lenze. Eine walnußfarbige Fülle krauser Locken rahmte ein herzförmiges Gesicht mit sehr schmalem Kinn ein. Ihre Augen leuchteten wie ein Paar Jaspissteine von ausgesuchter Schönheit. Die knappe gelbe Tunika, die die Formen ihres elfenhaften Körpers eher betonte als verhüllte, war zerrissen und offenbarte so eine schmale Schulter. Conan bemerkte, daß das junge Ding die Augen weit aufgerissen hatte und heftig keuchte, als wäre sie schnell gerannt. Hastig wanderte ihr Blick über die Gäste, und plötzlich rannte sie zu Conan. Noch ehe er den Mund zu öffnen vermochte, hatte sie sich vor ihm auf die Knie geworfen und die Arme um seine Beine gelegt.

»Bitte, tut so, als sei ich Euer Mädchen, und wenn ein Mann mir folgt, dann schaut ihn finster an.«

Nur zu gern schlang der Cimmerier einen Arm um sie. Er langte ganz um ihren Rücken, nachdem er sie hochgehoben hatte, so daß die Hand um die schmale Taille ruhte und die Fingerspitzen auf ihrem kleinen festen Bauch lagen.

Tatsächlich tauchte ein Mann an der Tür auf. Auch er keuchte, als wäre er in wilder Jagd gerannt. Sein suchender Blick flog über die Anwesenden in der Taverne. Conan runzelte finster die Stirn, und seine Augen funkelten wie sonnenbeschienene Gletscher. Der Mann biß wütend die Zähne zusammen, während er auf den muskulösen Arm um den Rücken des Mädchens blickte — und auf die eisigblauen Augen, die über ihre Schulter wie Dolchklingen in ihn zu dringen schienen. Der junge Mann knirschte laut mit den Zähnen, dann verschwand er wieder in der Nacht.

Der Name des Mädchens war Rosela. Sie war ein hübsches Ding. Schon eine Weile später zog Shubal sich zurück, weil er nicht das fünfte Rad am Wagen sein wollte. Er sah, daß Conan gar keine weitere Gesellschaft als die des Mädchens haben wollte. In der vergangenen Nacht war der Cimmerier sehr einsam gewesen, aber heute brachte er kein Mitgefühl für den Shemiten auf. Er blickte ihm nicht einmal nach, als er die Taverne verließ.

Gleich darauf war ein lauter Schrei auf der Straße zu hören. Er war noch nicht ganz verklungen, als das Klirren scharfer Klingen einsetzte. Die niedliche Rosela rutschte von Conans Knie, als der mit einem heftigen Fluch aufsprang.

Mit dem blanken Schwert in der Hand erreichte er die Tür.

Ein Mann lag tot oder sterbend auf der schlecht beleuchteten Straße unmittelbar vor der Taverne. Zwei weitere, maskierte Männer kämpften gegen einen vierten. Das war Shubal, der Conans Namen brüllte. Das veranlaßte einen seiner Angreifer sich umzudrehen.

Dadurch traf den Burschen Conans mächtiger Hieb direkt an der Kehle. Aus der Schlagader pulsierte Blut. Der Mann taumelte ein paar Schritte rückwärts, ehe er mit verblüffter Miene zu Boden stürzte.

Conans und Shubals Schwerter berührten den maskierten zweiten Meuchler gleichzeitig, und zwar am Hals und Bauch.

Drei Männer lagen in ihrem Blut, und Conan hatte nicht einmal einen einzigen Hieb pariert. Er bemerkte, daß aus einer häßlichen Schnittwunde in Shubals Unterarm Blut strömte. Der Shemit ließ sein Schwert einstweilen los und legte die gesunde Hand um den verwundeten Arm.

»Mit irgend etwas mußte ich mich ja verteidigen«, sagte er wie entschuldigend zu Conan. »Und ich hatte nur die Wahl, mein Gesicht zerhackt zu bekommen, oder diesen Arm.«

»Tu mir einen Gefallen und kipp jetzt nicht um«, bat Conan ihn. »Setz dich lieber schnell.« Der Cimmerier drehte sich um und sah, daß Rosela an der Tür stand und mit großen Augen herausschaute.

Andere Gesichter, doch alle von Männern, drängten sich dicht an dicht hinter ihrem.

»Schieb diese gaffenden Erpel hinter dir zur Seite«, knurrte Conan mit gefletschten Zähnen, »und hol schnell einen Becher Wein. He, geht ihr aus dem Weg, ihr da hinten! Marsch!«

Er drehte sich um und sah, daß Shubal sich nicht auf die Straße gesetzt, sondern über den ersten Gemeuchelten gebeugt hatte. »Es ist der arme Teufel Nebinio«, sagte der Shemit. »Sie brachten ihn brutal um, gerade als ich herauskam.«

Der Nemedier! dachte Conan. Er blickte hoch, als sich hüpfendes Licht, Marschschritte und das Rasseln von Waffen näherten. Vier Männer in gleicher Rüstung und gleich bewaffnet kamen herbei.

»He! Was geht hier vor? Ihr seid beide Ausländer, das sieht man!«

Conan sah, daß die vier Angehörigen der Khauraner Stadtwache waren, und weil er sich ein wenig ärgerte, brummte er. »Ihr habt wohl was gegen Ausländer?« Aus leicht zusammengekniffenen Augen betrachtete er den jungen Mann unter der hochgehaltenen Laterne. Ein aufgeblasenes Bürschchen, dachte er. Er kommt sich so verdammt wichtig in seiner Uniform vor, daß er wie ein Kampfhahn ist.

»Allerdings, wenn ich drei Leichen herumliegen sehe. Betrachtet euch hiermit als verhaftet!«

»Betrachtet Euch als in Schwierigkeiten geraten, wenn Ihr weiter solche Töne hervorstößt, *Unterführer.* Ich bin Shubal, und das ist Conan. Wir beide sind Leibwächter der edlen Lady Khashtris, die — wie selbst *Ausländer* wissen — die Kusine *unserer* Königin Ialamis ist. Klappt Euren Mund zu und macht die Augen auf, dann werdet Ihr vielleicht endlich bemerken, daß zwei der Toten vermummt sind. Sagt Euch das vielleicht etwas, *Unter*führer? Und wollt Ihr uns immer noch verhaften?«

Conan grinste. *So* hatte er Shubal noch nicht erlebt. Er war beeindruckt und freute sich. Die vier Männer der Stadtwache standen jetzt schweigend, und drei blickten auf ihren Führer, der sichtliche Schwierigkeiten hatte, die richtigen Worte zu finden.

Schließlich murmelte er: »Shubal, habt Ihr gesagt?«

»Allerdings. Und Conan. Aber Euren Namen habe ich noch nicht gehört.«

Der Mann nutzte hastig die Gelegenheit, sich neben den Vermummten im Umhang zu knien, dadurch war der Name, den er murmelte, nicht zu verstehen. Conan tauschte einen Blick mit Shubal. Der Shemit umklammerte immer noch den verwundeten Arm, wo der Blutstrom nachgelassen hatte. Beide lächelten.

»Maskiert, ja«, stellte der neben dem Toten kauernde Streifenführer fest. »Und tot. Ist das Euer — uh — Euer Schwert, Shubal?«

»Auch dieser ist tot, Streifenführer. Er starb an Blutmangel, würde ich sagen. Es hat ihn am Hals erwischt«, stellte einer der Wachmänner fest.

»Ja, es ist mein Schwert«, antwortete Shubal.

Der Streifenführer richtete sich auf: »Diebe?«

»Mörder«, berichtigte Shubal mit einem Zähneknirschen. »Sie haben diesen Mann hier umgebracht. Er war nicht einmal bewaffnet.«

»Kennt Ihr einen von denen?«

»Das ist Nebinio, ein Nemedier, der seit vielen Jahren schon hier in der Stadt lebt, von Beruf Sattler. Die beiden anderen sind noch maskiert — he, Conan, was schüttest du denn da aus?«

»Sei still!« mahnte der Cimmerier. »Ich gieße den Wein, den Rosela geholt hat, auf deine Wunde. Rosela, wenn du dich jetzt davonmachst, werde ich dich überall suchen und dir den Hintern versohlen, wenn ich dich gefunden habe. Tut es weh, Shubal? Sehr gut! Jetzt borgen wir uns ein Stück vom Umhang dieses Burschen und verbinden damit deinen Arm.«

»Reiß lieber einen Streifen von meiner Tunika ab. Der Umhang starrt ja vor Schmutz!« schlug Rosela vor.

»Bei Croms Bart, Mädchen! Deine Tunika ist ja ohnehin schon so kurz, daß sie deine Blöße kaum noch bedeckt. Halt dich ruhig, Shubal! Der Wein muß richtig einziehen. Wein ist gut bei Verletzungen. Sie heilen damit schneller.«

»Welch — eine Verschwendung!« krächzte Shubal.

Rosela dachte gar nicht daran, sich davonzumachen, und auch ihre Tunika blieb unversehrt. Shubals Arm wurde mit der Schärpe eines Stadtwächters verbunden. Man nahm den Banditen die Masken ab, aber keiner in der Taverne kannte sie. Und sie selbst konnte man ja nicht mehr nach ihren Namen fragen. Der Streifenführer händigte Hilides eine glänzende Silbermünze aus. »Ich bezahle die Zeche dieser beiden Herren«, erklärte er dem Wirt und deutete auf Conan und Shubal, ehe er beide hoffnungsvoll anblickte. Mit der Silbermünze war mehr als nur die heutige Zeche bezahlt, aber keiner dachte daran, den Streifenführer darüber aufzuklären. Wenn jemand einen Fehler begangen hatte und ihn wieder gutmachen wollte, sollte er doch! Conan und Shubal wurden gebeten — es wurde ihnen nicht befohlen! —, irgendwann am nächsten Tag zum Magistrat zu kommen, damit ihre Aussage schriftlich niedergelegt werden konnte. Schließlich mußte offiziell festgehalten werden, daß ein Mord begangen worden war, und die Mörder durch einen Akt der Notwehr ihre gerechte Strafe bekommen hatten. Hier war eben nicht das gesetzlose Shadizar oder die Keule von Arenjun. Hier mußte das Magistrat von allen Vorkommnissen Bericht aufnehmen und die Akten aufbewahren, damit der Stadtverwalter Acrallidus sie jederzeit einsehen konnte.

»Shubal«, brummte Conan, während die Streife die Toten die Straße hochschleppte.

»Ja?«

»Fühlst du dich kräftig genug für einen kleinen Spaziergang?«

»Wohin?«

»Rosela und ich wollen dich zu Sfalanas Haus bringen und wir selbst dann — irgendwoanders hingehen. Überleg doch nur, mit welchem Eifer deine liebe süße Melonenlady dich pflegen wird. Morgen werde ich der Edlen Khashtris von deiner Verwundung erzählen, und natürlich dem besorgten Spartus, damit niemand sich unnötige Gedanken über deine Abwesenheit macht. Möglicherweise wird der Edle Khashtris selbst ein Wort beim Magistrat einlegen wollen.«

»Hm! Aber wahrscheinlich schläft Sfalana bereits ...«

»Und du denkst nicht, daß sie sich gerne aufwecken läßt, um einen armen Verwundeten aufzunehmen und zu pflegen?«

»Hm — hmm. Und du?«

»Ich werde Rosela den Garten hinter unserem hübschen Zuhause zeigen, Shubal.«

»Co-nan!«

»Psst, Rosela, Liebling. Wage es, mir einen Korb zu geben, dann werde ich die Stadt nach dem Burschen absuchen, der dich mir in die Arme trieb — und dich ihm zurückgeben!«

»Das ist es ja gar nicht, Liebster! Ich habe nur gejammert, weil du meine Hand so fest hältst und jedesmal, wenn du ein Wort betonst, so kräftig drückst, daß du sie mir fast zerquetschst!«

Shubal lachte und stellte sich an ihre andere Seite.

»Auf, zu Sfalana!«

»Zu Sfalana und dann in den Garten!«

Und so begleiteten Conan und Rosela von Khauran den verwundeten Shubal zum Hause Sfalanas, der

Obsthändlerin, und Conan brachte Rosela in den Garten der Edlen Khashtris, wo er ihr so manches zeigte. Und da er seine Seele wieder und Rosela an seiner Seite hatte, vergaß Conan seine Unruhe und sein Mißtrauen, was den Lord Sergianus von Nemedien — oder Koth? — betraf.

So verging eine Woche, bis dem Cimmerier eines Nachmittags eine seltsame Aufgabe zufiel.

8

KOMPLOTT UND GEGENKOMPLOTT

So kam es dazu:

Rosela fand eine Anstellung im Palast, und Shubals Arm begann gut zu verheilen. Als nächstes machte die Königin ein Versprechen wahr. Sie reiste zu einer kleinen khauranischen Stadt, um zur Einweihung eines neuen Ischtartempels die Eröffnungsrede zu halten. Sergianus und Acrallidus begleiteten sie. Khashtris blieb zu Hause, um sich der Prinzessin Taramis anzunehmen.

Im letzten Augenblick wurde beschlossen, daß das Kind in seinen eigenen Gemächern blieb, statt im Haus ihrer Tante auf die Rückkehr der Mutter zu warten. Conan und Shubal zogen mit Khashtris in den Palast, und dem Cimmerier gefiel seine Arbeit immer weniger. Selbst die Aussicht, Rosela dort zu sehen, verbesserte seine Laune nicht. Die meiste Zeit würde er in Gesellschaft von Khashtris und Shubal sein und eine Sechsjährige bewachen.

Jetzt erst bekam er Taramis wirklich zu Gesicht, mit der er bisher noch nicht bekannt gemacht worden war — als ob er darauf Wert gelegt hätte, mit einem sechsjährigen Kind bekannt gemacht zu werden, dachte er säuerlich. Und natürlich beachtete die Prinzessin ihn überhaupt nicht. Ihr Leben lang war sie von uniformierten Schwertträgern umgeben gewesen, so daß sie deren Gesichtern weniger Aufmerksamkeit schenkte als dem Besteck, das sie beim Essen benutzen mußte. Kurz nach ihrem Mittagsmahl wurde Taramis müde, und ihre Tante brachte sie in ihr Schlafgemach für ein Mittagsschläfchen.

Die Suite der Prinzessin bestand aus zwei Gemächern. Es machte Conan auch nicht glücklicher, daß er mit Shubal und Khashtris, während sie schlief, in dem Vorraum sitzen mußte: einem großen Gemach, ganz mit Seide, Satin und schleierfeiner Spitze in Weiß, Bleichgelb und Grün — den Farben Khaurans — ausgestattet. Khashtris und Shubal versuchten ihm ein Kartenspiel beizubringen, damit sie sich die Zeit vertreiben konnten, aber er erwies sich als kein sehr gelehriger Schüler.

Als Khashtris erklärte, sie hätte ein Geschäft zu erledigen, nahmen die beiden Männer an, sie folge einem Drang der Natur. Shubal kam auf die Idee, sich im Palast nach Wein umzusehen, womit Conan sehr einverstanden war und als einziger zurückblieb. Es behagte ihm gar nicht, Kindermädchen zu spielen. Aber zumindest schläft das Balg, dachte er.

Seine Miene erhellte sich, als Rosela mit wiegenden Hüften lächelnd das Gemach betrat. Sie hielt einen großen Pokal in der Hand.

»Hier — he, nimm deine Pranken von mir, Tolpatsch! —, trink! Dieser Wein ist vom Tisch der Königin. Laß ihn verschwinden, ehe jemand kommt und mich des Mundraubs beschuldigt. Au! Da tut mir ja noch alles weh von vorgestern!«

Conan bemühte sich, eine kennerhafte Miene aufzusetzen, und nippte am Wein. »Hmmm, kein schlechter Jahrgang«, sagte er mit einer Stimme, die einen verweichlichten Feinschmecker vom Hof nachahmen sollte. Und dann — während die andere Hand fleißig mit Rosela beschäftigt war — goß er die teure Flüssigkeit in einem Zug in sich hinein. Mit einem langen, zufriedenen Seufzer stellte er den Pokal ab, während eine Hand sich an dem Mieder des Mädchens zu schaffen machte.

»Und nun, meine Liebste, koste diesen edlen Wein von meinen Lippen!« sagte er mit vornehmer Stimme.

»O Conan! Du bist ja sooo ...«

Er küßte sie noch, als er zusammensackte.

Conan kam wieder zu sich, als Khashtris und Shubal ihn schüttelten, ihm mit Ausdauer ins Gesicht schlugen und ihn immer wieder aufforderten, doch endlich aufzuwachen. Wie durch einen Schleier hindurch sah er Tränen auf Khashtris' Wangen glitzern. *Was war passiert?* Taumelnd kam er auf die Füße und tastete nach seinem Schwert — es steckte nicht in seiner Hülle. Verwirrt warf er einen Blick auf Shubal.

Da erst sah der noch benommene Cimmerier einen Mann in seinem Blut auf einem mit Goldborte eingefaßten grünen Teppich liegen. Ganz still lag der Bursche — und die leblosen Finger hatten den Griff von Conans Schwert umklammert. Schwankend schüttelte der Cimmerier den Kopf, blickte fragend seine Arbeitgeberin und seinen Kameraden an und setzte sich so abrupt, wie er aufgestanden war, wieder auf den Boden.

»Du hast mir das Leben mehrere Male gerettet, Conan«, sagte Shubal. »Ich freue mich, daß du mir deines wenigstens einmal verdankst.«

Conan blinzelte. Die Benommenheit wollte nicht schwinden.

»Shubal rettete sowohl die Prinzessin als auch Euch vor diesem Mann«, sagte Khashtris.

»Du mußt betäubt worden sein«, sagte Shubal. »Genau wie die Prinzessin schon beim Mittagsmahl. Als ich das Gemach betrat, wollte der Fremde gerade mit deinem Schwert in der Hand ins Schlafgemach der Prinzessin schleichen.«

Conan schüttelte verwirrt den Kopf. Betäubt? dachte er. Rosela? »Wa-warum?«

»Nun, ich würde sagen, dieser Halunke wollte die Prinzessin ermorden und dir die Tat in die Schuhe schieben, mein cimmerischer Freund. Schau ihn an, ob du ihn kennst.«

Ein paar Herzschläge lang starrte Conan Shubal noch dumpf an, dann glitt er auf ein Knie neben den Mann, dessen Blut einen teuren königlichen Teppich befleckte. Ohne besondere Vorsicht oder diesem lächerlichen ›Respekt vor den Toten‹, von dem er hier im ›zivilisierten‹ Khauran zum erstenmal gehört hatte, drehte Conan den Kopf des Meuchelmörders herum. Die Augen des Toten starrten ihn glasig an.

»Er — ich habe ihn schon einmal gesehen, Shubal. Das ist der Mann, der Rosela in jener Nacht verfolgt hat, als sie in Hilides' Taverne floh.«

»Ah! Heute war er jedenfalls nicht hinter Rosela her!«

Conan löste sein Schwert aus der Hand der Leiche, die noch nicht erstarrt war. Er richtete sich auf und schob die Klinge in ihre Scheide zurück. »Rosela kam hierher, kurz nachdem du das Gemach verlassen hattest«, erklärte er. »Sie brachte mir Wein — in einem silbernen Pokal.«

»Der Pokal ist nicht mehr hier, Conan«, sagte Shubal ruhig. »Und Rosela war auch nicht hier, als ich zurückkam.« Shubal schüttelte den Kopf. »Es sieht ganz so aus, als hätte nicht Zufall sie zu dir geführt. Sie und dieser Mann hatten das Ganze genau geplant. Man hat dich — uns, ganz schön hereingelegt.«

»In derselben Nacht hat jemand den Nemedier ermordet und versucht, dich umzubringen.«

»Und heute, Taramis«, warf Khashtris ein, die die Hände rang. *»Warum?«*

Conan knirschte mit den Zähnen. Er dachte an Rosela und wie sie ihn benutzt hatte! Wie sie sich ihm im wahrsten Sinne des Wortes in die Arme geworfen hatte, und wie sie nicht nur einmal mit ihm das Lager geteilt hatte. Und das alles nur, um sich in mein Vertrauen zu schleichen, um mich benutzen zu können! Und es war ihr gelungen. Wenn es ganz nach ihr gegangen wäre, müßte Taramis jetzt tot sein und er als ihr Mörder dastehen: der riesenhafte Barbar, über den niemand wirklich etwas wußte!

»Sie war jemandes Werkzeug, genau wie er!« Conan berührte den Mann, den Shubal getötet hatte, mit der Fußspitze. »Und die beiden, die den Nemedier gemordet haben ... Nebinio — *der wußte, daß Tor kein Herzogtum ist!*«

»Ja«, brummte Shubal mit grimmigem Gesicht. »Ja, mein Freund. Denk an unsere schriftliche Beschreibung. Es fiel auf, wie du *ihn* — der irgendwie Sabaninus sein muß! — angestarrt hast. Du bist zu gefährlich für ihn geworden. Also soll die Thronerbin getötet werden, um der Königin noch mehr Grund zu geben, Trost zu suchen und sich wieder zu vermählen. Und stürbe *sie* einen unzeitigen Tod, würde *er,* als ihr einziger Hinterbliebener, zum Herrscher von Khauran. Während du, als Ausländer, für eine gar schreckliche Tat hingerichtet werden würdest!«

Khashtris tappte völlig im dunkeln. »*Wovon* redet ihr? Wer ist *ER?*«

»Die Morde«, sagte Conan, »sind von gleicher Wichtigkeit für ihn wie für jemand anderen — seinen khauranischen Komplizen!«

»Aber *WARUM?*« rief Khashtris, der die Tränen über die Wangen strömten. »*WER?*«

Die beiden Leibwächter blickten einander an und nickten in gegenseitigem Einverständnis. Sie erzählten Khashtris, was sie wußten. Sie erzählten ihr alles. Sie ließ sich auf die weichen gelben Kissen des Diwans fallen.

»Bei Ischtar!« zischte sie kaum hörbar. »Als ich Rosela so eilen sah, fragte ich mich, was Ihr ihr angetan habt, Conan.«

»Wo habt Ihr sie gesehen?«

»Sie — sie rannte in den Garten.«

Zähneknirschend verließ Conan sie. Eine ungeheure Last schien auf seinen Kopf zu drücken, vor seinen Augen hingen dicke Schleier, und seine Beine fühlten sich an wie Gummi, als er durch den Palast lief. Immer wieder zwickte er sich in den Arm, aber er hatte immer noch kein richtiges Gefühl und spürte es nicht einmal, als Blut über das Handgelenk sickerte. Die scheußliche Benommenheit schwand ein wenig, als er leise durch den großen Garten hinter dem Palast schlich. Er rief nicht nach Rosela, denn er wollte nicht, daß sie ihn zu früh sah. Er brauchte eine ganze Weile, bis er sie in einer Ecke, in einer winzigen Lichtung zwischen immergrünen Sträuchern entdeckte, die so gestutzt waren, daß sie wie ein Pferdekopf aussahen.

Sie lag auf dem Boden — mit vielen Wunden von Messerstichen im Unterleib.

»Oh — Conan ...«

Er kauerte sich neben sie, ohne sie zu berühren. Seine Augen brannten, als er sie eindringlich bat: »Gesteh alles, Rosela. Du wirst diese Bauchwunden nicht überleben. Sprich, oder ich werde dafür sorgen, daß du mit noch schlimmeren Schmerzen stirbst.«

»T-töte mich, Conan.«

»*Wer* steckt dahinter, Rosela?«

»Ark-Arkhaurus. Er überredete meinen Bruder und mich in jener Nacht. Ich — ich sollte dein Vertrauen gewinnen ...«

»Das hast du leider auch, Dirne! So, so, also der Berater der Königin! Und heute?«

»Er wußte von der Reise der Königin. Er — er sorgte dafür, daß ich hier Arbeit fand. Es — es ging auch von ihm aus, daß Taramis im Palast bleiben sollte, damit du mit der E-edlen Khashtris hierherkommen würdest. Er — er gab ein Schlafmittel in das Mittagessen der Prinzessin. O Conan — es tut so weh! Und in den Wein, den ich dir — bringen mußte. Es tut mir so leid, Conan. So leid ...«

»Das kann ich mir denken. Sprich weiter. Arkhaurus hat dich erstochen?«

»Mein Bruder Nardius sollte — die Prinzessin mit — deinem Schwert töten.« Das Sprechen fiel ihr immer schwerer. »Er — er wollte uns reich — machen. Wir — wir sollten das Gold hier bekommen. Statt dessen ...«

»Statt dessen bezahlte er dich mit scharfem Stahl, richtig? Dieser Hund hat nicht einmal saubere Arbeit getan. Er hat dich in den Bauch gestochen und hier liegen lassen, wo du ganz langsam und unter grauenvollen Schmerzen sterben mußt. Ihr wart keine Verbündeten, Rosela, die er reich zu machen gedachte. Ihr wart für ihn nichts weiter als angeheuerte Hilfe, die mehr wußte, als sie wissen durfte — also beseitigte er dich. Das gleiche hätte er mit deinem Bruder getan, wenn ihm der Anschlag geglückt wäre.«

Sie blickte zu ihm hoch, und Tränen rollten in ihre Ohren. Dann weiteten sich ihre Augen, sie öffnete den Mund weit, und ein grauenvoller Krampf durchzuckte sie. Ein letztes Röcheln war zu hören, dann rührte sie sich nicht mehr.

Conan erhob sich von der fünfzehnjährigen Verführerin, diesem weiblichen Ungeheuer, wie er sich sagte. Er schwor sich, nie wieder zu lieben, stets mißtrauisch zu sein und Mädchen, die sich ihm anboten, einfach als Spielzeug zu nehmen, ohne daß sein Herz mitsprach. Er drehte sich nicht mehr nach Rosela um, als er davonstapfte, ohne ihr die Augen geschlossen zu haben.

Die drei — Khashtris, Shubal und Conan — beschlossen, über den Anschlag zu schweigen. Und außer Arkhaurus konnte ja niemand davon wissen.

»Laßt ihn mich aufspießen!« sagte Conan mit grimmigem Gesicht. »Dann legen wir Roselas Bruder daneben, daß es aussieht, als hätte er ihn umgebracht. Und wir sagen, wir seien zu spät gekommen und hätten nur noch den Mörder töten können. Doch bevor er starb, sagte er, daß Sergianus ...«

»Nein, Conan, nein!« Khashtris trippelte im Gemach herum, biß sich in die Unterlippe und rang die Hände, bis sie rot anliefen. »Nein! Das hier ist der königliche Palast. Und meine Kusine — oh, ich fürchte, das arme Ding liebt Sergianus!«

»Angenommen, Ihr ladet mich zu einem Bankett ein«, preßte der Cimmerier zwischen den Zähnen hervor, »und ich werde zum Berserker und bringe ihn um! Dann bleibt der Königin erspart zu erfahren, was wir wissen — und sie ist gerettet, und mit ihr Khauran. Ihr braucht mir nur einen guten Vorsprung zu geben, damit ich möglichst weit komme.«

»Ihr — Ihr würdet es alles auf Euch nehmen?«

»Warum nicht? Ich bin fremd hier, und was hält mich hier schon? Ich will fort aus diesem Königinnenreich, Khashtris. Und ich schulde Königin Ialamis etwas ... Glaubt Ihr, es macht mir etwas aus, mir die Hände mit Arkhaurus' und Sergianus' Blut zu beschmutzen?« Er hielt die Hände hoch und starrte wild auf die Fingerspitzen. »Im Gegenteil, ich würde mich nur als ihr Richter fühlen.«

Aber Khashtris überzeugte ihn und Shubal, daß das nicht das richtige Vorgehen wäre. Sie hüllten die Leiche von Roselas Bruder in Umhänge, um sie unbemerkt fortzuschaffen. Dann säuberte Khashtris höchstpersönlich den Teppich, doch so sehr sie sich auch anstrengte, das Blut ließ sich nicht ganz entfernen. Also ritzte sie sich den Unterarm auf, um behaupten zu können, sie hätte sich versehentlich geschnitten und das Blut stamme von ihr. Sie versprach auch, mit ihrer Kusine zu reden. Conan weigerte sich, noch länger im Palast zu bleiben. Er befürchtete, wenn er Arkhaurus sähe, würde er ihn umbringen.

In dieser Nacht betrank er sich.

Zwei Tage später unterhielt Khashtris sich unter vier Augen mit der Königin. Bedrückt erstattete sie ihren beiden Mitverschwörern Bericht.

»Sie wollte nur von Sergianus sprechen, ihrem lieben, geliebten Sergianus«, sagte Khashtris. »Ich versuchte, es ihr zu sagen, ehrlich! Aber ich konnte es einfach nicht. Sie erklärte sich einverstanden, Euch beide zu empfangen, obgleich sie nicht weiß, was Ihr von ihr wollt.«

Conan und Shubal blickten einander an und nickten. Khashtris, auf die in letzter Zeit allzuviel eingestürmt war, war mit ihren Nerven am Ende. Sie suchte Trost bei Conan, aber er wollte nichts mehr von Frauen wissen.

9

EIN WOLF IN KHAURAN

Conan und Shubal erschienen zur Audienz bei der Königin und versuchten ihr zu sagen, was sie wußten und was sie zu wissen vermeinten. Sie glaubte ihnen nicht. Allein der Gedanke entsetzte sie, und sie weigerte sich, sie anzuhören. Sie verwies sie aus dem Palast und warnte sie, sich nie wieder hier blicken zu lassen. Für das morgige Bankett würde sie ihre eigenen Leibwächter schicken, um ihre Kusine abzuholen.

Die beiden Männer stapften mit düsteren Mienen aus dem Palast. »Wir müssen uns Acrallidus anvertrauen«, meinte Shubal. »Ihr Götter! Glaubt uns denn niemand?«

»Es würde die ganze Sache vereinfachen, wenn ich diesem verdammten Charmeur Sergianus oder Sabaninus oder wie immer dieser heimtückische Bursche heißt, eine Klinge in die Brust stieß. Sie *liebt* diesen Dämon!«

»Und was hast du für Rosela empfunden?«

»Halt's Maul, Shubal!«

Shubal seufzte und stellte sich mitten auf dem Platz zwischen dem hohen Palast und dem eindrucksvollen Tempel vor seinen Freund. Ernst blickte er ihn an. »Nein, Conan! Schlag dir das aus dem Kopf. Du würdest nicht lebendig aus dem Palast herauskommen —

und vermutlich gar nicht erst einmal mehr hinein. Wir gehören jetzt zu den Verdächtigen! Die Königin wird dafür sorgen, daß wir nicht in seine Nähe gelangen. Komm, hör auf, finster die Wände anzustarren und dich sinnlosen Gedanken hinzugeben. Wir müssen uns mit Acrallidus zusammensetzen, der wirklich ein weiser Mann ist, und mit Khashtris. Wir vier müssen uns etwas ausdenken. Er wird uns glauben. Er *muß* uns glauben! Er ist unsere einzige Hoffnung.«

»Unsere beste Hoffnung steckt in unseren Klingen, Shubal!«

»Verdammt, *Barbar!* Mußt du überall, wo du gewesen bist, deine blutigen Spuren hinterlassen?«

Conan starrte ihn an, und nach einer Weile entschuldigte Shubal sich, woraufhin Conan sich bereiterklärte, ihr Wissen und ihre Vermutungen dem Stadtverwalter Acrallidus zu unterbreiten.

»Aber wie?« fragte sich der väterliche Freund der Königin laut, nachdem er sich die Geschichte angehört hatte. Er schaute sich in Khashtris' Privatgemach um, als könnten die mit Teppichen behangenen Wände ihm Antwort geben. »Wie konnte dieser Baron Sabaninus sich jünger machen, oder zumindest jünger aussehen, oder ...«

»Oder den Körper eines jüngeren Mannes stehlen?« sagte Conan. Seine Augen blitzten in eisigem Licht. Immer nur reden, reden, reden. Er war des ewigen Redens leid. Seine Geduld war die eines Wolfs an der Leine.

»Und so, wie er hier ankam: zu Fuß, mit zerrissenem Gewand, blutig ...«

»Es war nicht sein eigenes Blut. Er war von Koth gekommen, Acrallidus, von Koth! Und zwar mit zwei Begleitern, Gefolgsleuten, vermutlich. Er tötete sie! Als er sie erschlug, wurde er von ihrem Blut bespritzt. Dann verjagte er seine eigenen Pferde, zerriß sein Gewand und wälzte sich im Schmutz. Nur deshalb sah er so bedauernswert aus. Und man brachte ihn zu der mitleidigen Königin, die ihm half, ihn im Palast aufnahm — verdammt!« Wütend hieb Conan mit der Faust auf den Tisch, um den sie saßen, daß die silberverzierten Bronzepokale wackelten und der gewürzte Wein überschwappte. »Ihr — ihr Menschen hier, ihr *zivilisierten* Menschen, habt ihr denn keinen Sinn für so etwas? *Spürt* ihr denn Zauberei nicht, wenn sie in der Luft liegt? Glaubt mir, es ist *ZAUBEREI!* Bei Ischtar und Crom und Bel und — Erlik, ausgerechnet ihr, deren Königinnen Opfer eines Dämonenfluches sind, geht es euch denn nicht in die Köpfe? Verdammt, es *ist* Zauberei!«

Conan sprang auf und wandte den anderen den Rücken zu. Plötzlich wirbelte er herum. Er war zum wilden, ungeduldigen Wolf geworden, mit brennenden Augen, und jeder Muskel zum Zuschlagen, zum Kampf gespannt.

»Hört zu! Ihr drei selbstgefälligen zivilisierten Leute mit euren festen Mauern, euren Marmorhallen und Magistraten, und euren Klickklackschuhen und wallenden Gewändern und lächerlichen Frisuren — hört zu! Hört auf einen, den ihr *Barbar* nennt und der auf einem Schlachtfeld geboren wurde, der Krieger und Dieb war, der seine Seele — durch Zauberei! — verloren und wiedergewonnen hat, und der genug Männer zum Todesgott geschickt hat, um euren Palast damit zu füllen!«

Er erzählte ihnen vom Kampf um Venarium, an dem er mit fünfzehn Jahren teilgenommen hatte, und wie er gegen einen lebendigen Leichnam, der sein Schwert haben wollte, in einer Grabkammer in einem Berg gekämpft und ihn besiegt hatte. Er erzählte ihnen von dem Priester und Zauberer Yara in Arenjun und dem Elefantengeschöpf, einem intelligenten Wesen von einer Welt zwischen den Sternen, den Yara in seinem Zauberturm gefangengehalten und gefoltert hatte. Er erzählte ihnen von dem heimtückischen Hexer Hisarr Zul, der seinen eigenen Bruder ermordet hatte, der dann als Sandleichnam noch zehn Jahre weiterlebte, bis er Hisarr Zul tötete und seinem Bruder dadurch zum Seelenfrieden verhalf. Er zeigte ihnen das Tonamulett, das er an einem Lederband um den Hals hängen hatte, und er verriet ihnen, was es wirklich war. Und seine drei Zuhörer lauschten wortlos.

»Wir wissen sehr viel, und der Rest läßt sich aus dem, was feststeht, schließen. Wir täuschen uns ganz sicher nicht. Arkhaurus und Sergianus arbeiten Hand in Hand, sie sind Verschwörer, und sie wissen, daß wir — Shubal und ich — sie durchschaut haben. Und nun müssen sie annehmen, daß auch Ihr, Khashtris, Bescheid wißt. Sergianus kennt dieses Amulett nicht und weiß deshalb nicht, welche Bewandtnis es damit hat. Er muß mich für einen Zauberer halten, schon deswegen, weil Shubal und ich zweimal seinen Fallen entgangen sind. Ich, Conan, Ausländer und *Barbar,* wie ihr Zivilisierte mich schimpft, weiß jetzt ganz genau, was getan werden muß, um diesen Dämon zu entlarven. Ihr braucht mich dabei nur zu unterstützen. *Tut es!*«

Drei Geschöpfe der Zivilisation des Westens, aus ihres üblichen Beschaulichkeit gerissen, starrten den Cimmerier an, als stünden sie unter seinem Bann — und erklärten sich einverstanden.

»Shubal und ich haben Palastverbot. Wir dürfen

Euch morgen nicht zu dem Bankett begleiten, bei dem — wie wir alle annehmen — die Königin ihre Verlobung bekanntgeben wird; und wie wir alle wissen, mit einem Betrüger, der plant, Khauran an Koth auszuliefern. Khashtris, Shubal und ich brauchen Eure Hilfe, um in den Palast gelangen zu können. Wir werden vielleicht ein paar Hofgardisten niederschlagen müssen, aber wir werden versuchen nicht zu töten, doch selbst wenn einer Schaden erleiden sollte, wäre es ein geringer Preis für Khauran.«

Die edle Lady schaute zu dem prächtig gewandeten Mann mit braunem Haar und grauem Bart, und zu dem shemitischen Söldner aus einem Kriegerclan. Tatsächlich, wie gebannt blickten alle auf den jugendlichen Cimmerier — ein ausgebildeter Krieger und der Verwalter einer großen Stadt —, um sich von ihm Anweisungen erteilen zu lassen. Khashtris schluckte und dachte:

Wenn ich nur einen solchen Sohn hätte — wenn er nur mein Sohn wäre — wenn ich nur seinen Sohn gebären könnte — wenn ich nur jünger wäre ...

Ischtar! dachte Acrallidus. Wir haben einen Wolf in Khauran — und glücklicherweise kämpft er für Khauran!

Eines Tages wird er Heerführer werden, dachte Shubal. Ich wünsche mir, daß ich dabei sein und mit ihm kämpfen darf!

Khashtris öffnete die Lippen. »Das Bankett findet im Ashkaurianischen Gemach statt, das ist ein kleinerer Speisesaal, in dem Ialamis am liebsten ißt. Dort hindurch gelangt ihr auch in den Palast. Ein Geheimgang führt dann weiter durch die Speisekammer, auf diesem Weg könnt ihr hereinkommen.« Sie überlegte kurz. »Shubal, Ihr müßt zusehen, daß Ihr zur Drachentür kommt, um sie gegen die Palastwache zu sichern. Conan, Ihr …«

»Conan«, sagte der Cimmerier mit einem fast raubtierhaften Knurren, »wird sich um alles Weitere kümmern.«

10

CONAN DER SEHER

Allen Bankettgästen fiel auf, daß die Königin wie ein junges Mädchen gekleidet war und auch um Jahre jünger aussah. Manche fanden es geradezu schockierend, daß sie ihr Haar nicht aufgetürmt, sondern auf die Schulter hängend trug. Ein silbernes Stirnband mit einem großen, glitzernden Saphir hielt es zusammen. Perlenbestickte Goldbänder faßten die weiten Ärmel zusammen, und mit Amethysten besetzte Silberreifen schmückten ihre Handgelenke. Um den Busen trug sie ein mit Perlen verziertes, gerafftes Tuch aus weißer Seide, die aus einem fernen Land kam. Gehalten wurde es um den Hals mit einem Träger aus geflochtenem Goldband. Ihr um die Hüften geschlungener Rock hatte bis über die Schenkel reichende Seitenschlitze. Auf den aufgesetzten Taschen aus schwarzem Samt funkelten dicht an dicht Rubine, Granatsteine, Saphire, Karneole, Topase und Smaragde, rings um einen riesigen feurig geschliffenen Amethyst in der Taschenmitte.

Sie strahlte ein ungeheures Glück aus, das sich auf die meisten Gäste übertrug. Arkhaurus hatte seine allzu hagere Frau, eine geborene Kothierin, neben sich. Sergianus, der angebliche nemedische Herzogssohn, saß neben der Königin. Seine prächtige Tunika war ärmellos — vielleicht, damit man seine kräftigen, jugendlichen Arme bewundern konnte. Außerdem waren noch zwei hohe Lords, Vettern der Königin, anwesend, einer mit Gemahlin. Sie alle waren bester Laune, im Gegensatz zur Edlen Khashtris und dem Stadtverwalter Acrallidus, der ebenfalls mit Frau gekommen war.

Diener servierten Speisen, eine köstlicher als die andere, und schenkten dreierlei Weine verschiedenen Jahrgangs und unterschiedlicher Blume in die goldenen Kelche.

Khashtris bemühte sich, ihre Nervosität nicht zu zeigen. Aus der Speisekammer waren keine ungewöhnlichen Geräusche zu hören. Shubal und Conan kamen nicht. Sie hatte sich in ihrem Haus von ihnen verabschiedet und jedem der beiden eine winzige Ischtarfigurine aufgedrängt, denn sie glaubte an die Göttin. Ihr Herz klopfte wie verrückt, ihre Handflächen waren feucht, und ihre Haut prickelte unangenehm. Um ihre Angst zu überwinden, hatte sie bereits mehr Wein getrunken als üblich, trotzdem wurde ihre Kehle vor Bangen immer trockener.

Endlich stellte man zum Abschluß des Mahles Obst auf die Tafel, und nachdem sich jeder, den danach gelüstete, selbst bedient hatte, erhob sich die Königin. Khashtris umklammerte mit beiden Händen die Tischkante und wartete, daß Ialamis das Verlöbnis bekanntgäbe. Aber das tat sie unerwarteterweise nicht. Mit glücklichem Gesicht kündete sie die Darbietung des Bühnenzauberers Crispis aus Kandala an und klatschte in die Hände.

Die hohe Flügeltür aus kunstvoll geschnitztem Holz und Bronzefiligranbesatz öffnete sich von außen.

Die Bankettgäste blickten dem Bühnenzauberer erwartungsvoll entgegen. Crispis war ein ungewöhnlich großer Mann und offenbar auch sehr kräftig gebaut, obgleich das unter der wallenden, zeltförmigen Robe nicht so leicht festzustellen war. Er hatte eine Kapuze über den Kopf und tief ins Gesicht gezogen, so daß man in der Schwärze darunter lediglich eine helle Nasenspitze sah — und einen gewaltigen, dunkelbraunen Vollbart. Seine Rechte steckte in einem schwarzen Handschuh, während der linke Ärmel lose und leer an der Seite herunterbaumelte.

»Er — er riecht nach Pferden«, flüsterte die Gattin Arkhaurus' ihrem Gemahl zu, der sie unwirsch zum Schweigen gemahnte.

Das einzige, was die Schwärze der Gewandung des Zauberers unterbrach, lenkte aller Blicke auf sich. Es war ein Amulett an seiner Brust, unmittelbar unterhalb des Bartes, in der Form eines kleinen goldenen Schwertes mit einem Topas an jeder Seite der Parierstange. Bei ihrem Anblick dachte jeder unwillkürlich an ein Augenpaar.

»Willkommen, Meister Crispin«, wandte die Königin sich an den riesenhaften Vermummten. »Zwar habe ich Eure Wunder leider noch nicht selbst gesehen, doch hörte ich nichts als Lob über Eure Geschicklichkeit.«

Der Mann in der schwarzen Kapuzenrobe verbeugte sich tief und richtete sich wieder hoch auf. Die Finger im Handschuh tasteten nach dem Amulett. Die Stimme, die dröhnend aus der Dunkelheit unter der Kapuze erklang, war so tief, daß sie irgendwie künstlich verstärkt sein mußte. Zwei von Ialamis' Gästen lächelten darüber.

»Crispis wird Euch, Eure Majestät, und Eure edlen Gäste mit seinem Wissen überraschen, das sein magisches Amulett ihm über alle Anwesenden verleiht.

Das Auge Erliks, wie es genannt wird, sieht in alle Herzen und offenbart selbst das sorgfältigst gehütete Geheimnis. Aha! Schon verrät es mir, daß die liebreizende und von allen verehrte Königin von Khauran etwas Wichtiges zu verkünden beabsichtigt! Fürchtet nicht, Eure Majestät, Crispis wird nichts weiter sagen, um Euch nicht vorzugreifen.«

Während er sich wieder tief verbeugte, tauschten Ialamis und Sergianus einen Blick und lächelten.

Wieder legten die behandschuhten Finger sich um das Amulett. »Oho ... Die Edle K ... Lady Khashtris, stimmt es so? Eine bezaubernde Dame voll Sanftmut, Gefühl und Gläubigkeit! Ich sehe, daß Ihr verborgen einen Ischtartalisman an Euch tragt ... Doch nichts liegt Crispis ferner, als zu verraten, wo. Er gehörte Eurer hochedlen Mutter.«

Lady Khashtris errötete und zwang sich zu einem Lächeln. Es fiel ihr offensichtlich nicht leicht, die Bitte der anderen zu erfüllen und die Wahrheit der Worte des Zauberers zu bestätigen. Schließlich tastete sie jedoch vorsichtig in ihren Ausschnitt und brachte die winzige Figurine zum Vorschein, die Conan und Shubal gesehen hatten, als sie sie weggesteckt hatte. Jetzt fragte sie sich, in welcher dunklen Ecke oder welchem Schrank der bedauernswerte Crispis von Kandala gebunden und geknebelt lag, und welches Pferd den größten Teil seiner Mähne hatte hergeben müssen für diesen prächtigen dunklen Bart, der über die schwarze Kapuzenrobe wallte.

»Seht! Seht!« rief Arkhaurus lächelnd und prostete Crispis zu. »Da haben wir doch wahrhaftig einen Seher unter uns — und einen mit den allerbesten Manieren!«

Während die anderen ebenfalls ihre goldenen Kelche erhoben, um auf sein Wohl zu trinken, sprach Crispis: »Ja, mein Lord, zumindest mit dem ersten Teil Eurer Bemerkung habt Ihr recht. Denn wahrlich sieht Crispis alles mit Hilfe dieses Amuletts, das er den Zauberern des fernen Iranistans verdankt. Beispielsweise sehe ich Euch, o großer Berater der Herrscherin eines ruhmreichen Landes, auf einem edlen langbeinigen Pferd. Es ist ein kothisches Pferd mit kothischem Zaumzeug, und ich sehe — oh, weshalb trieft Blut vom Messer des edlen Lords?«

Alle waren bei diesen Worten verstummt und blickten Crispis mit großen Augen an. Arkhaurus' Gesicht hatte sich gerötet, aber die Knöchel der Hände, die die Tischkante umklammerten, waren weiß. Er blickte auf das juwelenbesetzte Besteck vor sich neben dem Obstteller. Die Klinge des Messers war fleckenlos.

»Großer Seher«, sagte Acrallidus, »Ihr sprecht in Rätseln. Beabsichtigt Ihr eine Reise nach Koth, Lord Akhaurus?«

»Keinesfalls!«

»Ahhh!« murmelte Crispis und lenkte aller Aufmerksamkeit wieder voll auf sich. »Vielleicht täuschte ich mich in dem, was ich aus dem Auge Erliks las. Und doch sehe ich neben Euch auf einem anderen Pferd, einem königlich kothischen Zelter, einen sehr, sehr alten Mann, einen Greis. Verdörrt und runzelig ist er, dürr, mit zitternden Händen, einem kahlen Schädel mit noch einzelnen, dünnen, gelblichweißen Strähnen, die über die Ohren hängen. Die unteren Schneidezähne fehlen ihm. An seiner Brust hängt ein eindrucksvolles Medaillon ... Äh, verzeiht, mein guter Lord, Ihr, der ihr neben Ihrer Majestät sitzt. Bei all ihrem Liebreiz habe ich Euch übersehen. Laßt Euch von Crispis beglückwünschen. Ihr tragt die Last Eures hohen Alters wahrhaft erstaunlich gut, und selbst die des Medaillons der Baronie von Korveka.«

»Was meint er damit? Und wen? Euch, Lord Sergianus?«

»Korveka?«

»Spricht er zu dem jungen *Sergianus?*«

»Hört zu, Crispis ...«

»Ah! Jetzt sehe ich, wessen Blut an der Klinge Eures Dolches klebt, Lord Berater der Königin! Es ist das eines Mädchens — ein Werkzeug nur, jung und hilflos ... Wartet! Sagt nichts. Gleich wird der Name mir offenbart! Ah — es ist Rosela!«

Arkhaurus erhob sich halb. In der tödlichen Stille stellte Crispis eine Frage: »Mein guter Baron Sabaninus von Koth — weshalb nennt Ihr Euch hier ›Sergianus‹ und täuscht jugendliches Alter vor? Wenn Crispis sein Amulett bedeckt und auch die Augen, werden alle hier Euch sehen, wie Ihr wirklich seid!«

Sergianus brachte keinen Ton über seine Lippen. Er saß wie gelähmt, und sein Gesicht war weiß wie der Tod. Aller Augen hingen an ihm.

Da erhob sich die Königin. »Was soll das bedeuten?« fragte sie scharf.

Ihre Frage galt Crispis. Doch der bedauernswerte Sergianus, der glaubte, jeder sähe bereits seine wahre Gestalt, beging den verständlichen Fehler: er nahm an, die Königin spreche zu ihm.

»Es bedeutet, daß dieser Crispis eine — eine Art von Spion ist!« rief Sergianus verzweifelt und sprang auf. Aus einem Seitenschlitz in der langen Tunika zog er ein Schwert und rannte um die linke Seite der Tafel auf den schwarzgewandeten Seher zu.

»Her mit dem Amulett, Hund!« brüllte er.

Die Tür zur Speisekammer schwang heftig auf.

»Nein, Sabaninus von Koth«, rief Shubal. »Ihr bekommt nicht mehr, als Ihr verdient, kothischer Ränkeschmied!«

Vielleicht hätte alles einen anderen Ausgang genommen, hätte Arkhaurus sich nicht eingemischt, denn Sergianus sah natürlich immer noch wie Sergianus aus und nicht wie ein Tattergreis, und es war zweifelhaft, daß jemand den Worten des Bühnenzauberers wirklich glaubte.

Arkhaurus riß seinen Dolch aus der Scheide, schwang ihn und stieß ihn Shubal in den Schenkel.

»Verfluchter Shemit!« brüllte er.

Shubal stöhnte auf. Die Klinge war in den harten Muskeln steckengeblieben, und während Arkhaurus sich bemühte, sie herauszuzerren, drehte der Shemit sein Schwert so, daß die Spitze Arkhaurus' Hals berührte.

»Laßt den Dolch los, Verräter!« knurrte Shubal. »Er kann bleiben, wo er ist. Ihr anderen, mischt euch nicht ein und bleibt, wo ihr seid, sonst schneide ich diesem falschen Berater die Kehle auf!«

Alle im Bankettgemach erstarrten. Sergianus war bereits beim unerwarteten Auftauchen Shubals wie angewurzelt stehengeblieben. Jetzt wandte er seine Aufmerksamkeit wieder Crispis zu, der mit dem Dolch in seiner Linken sein Gewand vorn aufgeschlitzt hatte und gerade die Kapuze zurückwarf. Ein riesenhafter, breitschultriger junger Mann in Kettenhemd wurde sichtbar.

»Es — es ist der Barbar!«

»Conan!«

»Ihr!«

»Khashtris!« rief die Königin. »Was soll das? Wachen! Wachen, herbei!«

Conan trat heftig hinter sich. Die Tür knallte zu, und schnell folgte die Hand mit dem Dolch, um den schweren Eisenriegel vorzuschieben. Einen Herzschlag später schon warfen sich auf der anderen Seite Schultern dagegen. Aber die dicke Holztür gab nicht nach. Dieser Raum hier war im Fall einer Belagerung Zuflucht und bot außerdem die Möglichkeit, durch einen Geheimgang zu entkommen.

Sergianus hieb mit dem Schwert auf den Cimmerier ein. Conan sprang zur Seite, riß seine eigene Klinge heraus und schlug hart zu. Sergianus gelang es auszuweichen, und einen kurzen Augenblick später landete Crispis' ›Bart‹ in seinem Gesicht.

»Hier, Baron von Korveka — ein Geschenk von einem Pferd!«

Während Sergianus sich von dem fülligen Büschel schwarzen Pferdehaars befreite, sprang Conan weit nach rechts, und seine Klinge zischte dicht über den Kopf einer Frau. Sie schrie gellend auf und fiel in Ohnmacht. Hätte Conan beabsichtigt, sie zu treffen, so wäre sie jetzt in ihr eigenes Blut gesunken, nicht mit dem Gesicht in die Tunke, die noch auf dem Tisch stand.

Conan hatte ganz genau gezielt. Nachdem sein Schwert über die Frau hinweggeschwungen war, traf die Spitze wie berechnet Arkhaurus.

»Das ist für Rosela, du Hund von einem mordenden Verräter! Ich hatte schon befürchtet, Shubal würde mir die Arbeit abnehmen!«

Arkhaurus' Gemahlin schrie gellend auf. Sergianus, der sich wieder gefangen hatte, schwang die Klinge hoch und ließ sie herabschwirren, als er auf Conan einstürmte. Das Schwert des Cimmeriers prallte klirrend gegen des Kothiers Klinge. Beide Männer taumelten, und Conan ging auf ein Knie. Sofort schoß sein

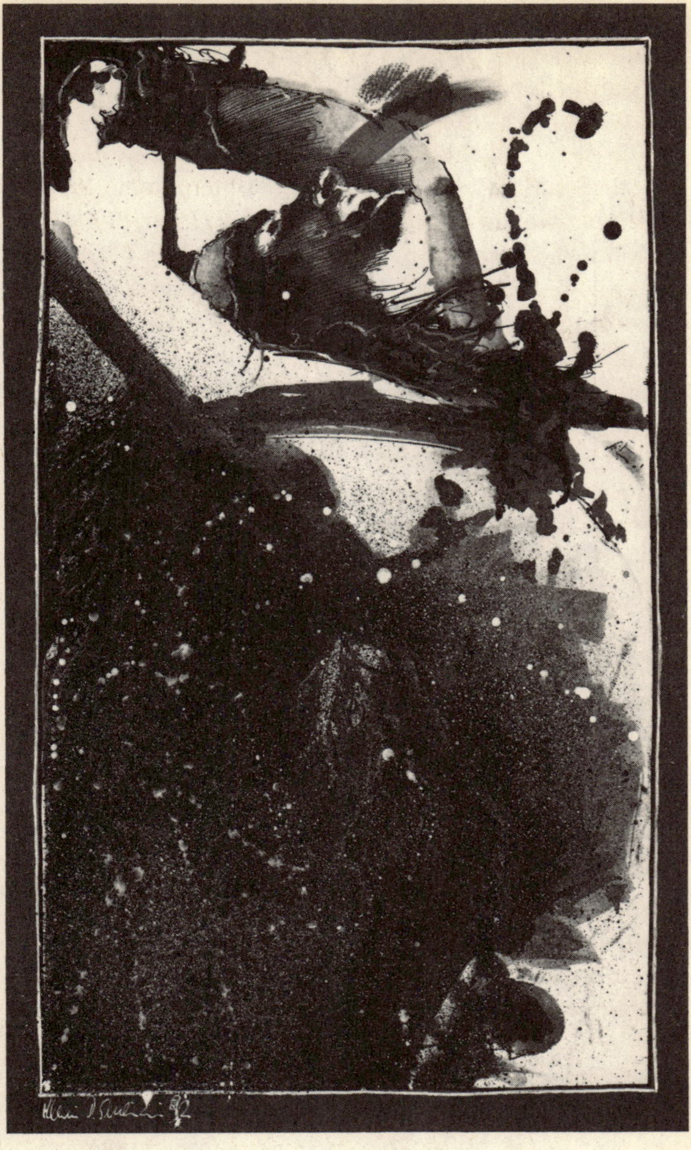

Schwert blitzend hoch, und die Klinge erwischte Sergianus' Leib.

Alle hielten den Atem an, während Sergianus am ganzen Körper zitternd und zuckend stillstand.

»Er ist *tot!*« wehklagte Arkhaurus' Gemahlin in der plötzlichen Stille. »O Ischtar, nein! O nein, mein Liebster! Das war die Sache *NICHT WERT!* Ich *FLEHTE* dich an, dich nicht mit dem korvekanischen Betrüger einzulassen! O Ischtar, hilf mir! Warum gestand ich der Königin nicht die Wahrheit, als ich erkannte, daß du ein Komplott mit ihm zu schmieden begannst! Mein Gemahl ist tot!« wimmerte sie und umarmte den Leichnam. »Tot — ein Verräter!«

Sergianus stand immer noch, aber er schwankte, als rüttle ein eisiger Wind an ihm. Conan zog seine Klinge zurück.

»Nicht genug!« knirschte Shubal und ließ sein Schwert fallen. Ächzend zog er den Dolch aus seinem Schenkel, strich mit der Spitze dicht über seine Tunika hinweg und warf die Klinge mit aller Kraft gegen Sergianus. Mit seinem verletzten Bein glitt Shubal an der Speisekammertür entlang zu Boden.

Das Messer rutschte aus und flog nicht ganz so, wie Shubal es beabsichtigt gehabt hatte. Nicht die Klingenspitze, sondern der Griff traf Sergianus an der Schläfe. Der Aufprall war nicht zu überhören. Ein schriller Schrei der Königin folgte ihm. Durch die schmale Gasse zwischen Tisch und Wand, gegenüber von Shubal, rannte sie zu ihrem Liebsten. Weitere Schreie anderer wurden laut und ein wimmerndes Stöhnen, denn während Sergianus zusammensackte — veränderte er sich.

Die wehklagende Königin erreichte den Fallenden und blickte auf ihn hinab — doch sie sah nicht den geliebten Sergianus, sondern einen sehr sehr alten Mann — den Greis, den ›Crispis‹ beschrieben hatte. Wer ihm den Tod gebracht hatte — Conan oder Shubal —, war nicht zu ergründen, aber das war auch nicht wichtig. Von Bedeutung war bloß, daß er tot war und daß Sabaninus im Tod seine wahre Gestalt wieder angenommen hatte. Aus rotgeränderten Greisenaugen blickte er zu der Königin hoch, die er so getäuscht hatte, aber er sah sie nicht mehr.

Mit wehem Blick schaute Ialamis zu Conan auf.

»Er ist der Baron von Korveka in Koth, Eure Majestät«, erklärte er ihr. »Durch Zauberkraft erlangte er das Aussehen eines weit jüngeren Mannes und gab sich einen fremden Namen und Titel. Tor in Nemedien ist kein Herzogtum, Eure Majestät. An meinem ersten Tag in Khauran sah ich ihn in seiner wahren Gestalt, und zwar in dem Augenblick, als meine Seele in meinen Körper zurückkehrte. Er und Arkhaurus schmiedeten ein Komplott gegen Khauran. Das *kothische* Weib Eures ehemaligen Beraters wird Euch alles bestimmt genau erzählen können. Allein Shubal habt Ihr es zu verdanken, daß Eure Tochter, die Prinzessin, noch am Leben ist. Er hinderte Nardius, der mit seiner Schwester Rosela von Arkhaurus angeheuert worden war, sie mit meinem Schwert zu ermorden, während Ihr Euch fern von Eurer Hauptstadt aufhieltet. Eure Majestät, Königin von Khauran, Ihr habt mir meine Seele wiedergegeben, jetzt gebe ich Khauran seine Seele zurück.«

»Ich wünschte, ich hätte Euch nie gesehen! Geht weg von der Tür! Sofort!«

Stumm vor Verblüffung gehorchte Conan. Ialamis griff nach dem Eisenriegel. Als er ihr helfen wollte, stieß sie ihn zurück und öffnete die Tür eigenhändig.

Die Gardisten, die sich von außen dagegengeworfen hatten, stürzten fast, als sie so plötzlich aufgerissen wurde, und zogen hastig die Klingen zurück, als sie anstelle eines Feindes ihre Herrscherin vor sich sahen.

»Sergianus war ein kothischer Betrüger, und Arkhaurus ein Hochverräter, der sich auf seine Seite geschlagen hatte«, sagte sie zu den Leibgardisten mit tonloser Stimme, die aus dem Grab selbst kommen mochte. »Conan und Shubal haben das Königreich gerettet. Schafft sofort meinen Leibarzt zu Shubal und befolgt die Anordnungen der Edlen Khashtris.«

Und schon eilte sie mit raschelndem Rock und durch die Seitenschlitze schimmernden Beinen an ihnen vorbei.

Khashtris war eine Weile so beschäftigt, daß sie sich nicht sofort um ihre Kusine kümmern konnte. Doch als sie schließlich die nötigen Befehle erteilt hatte, rannte sie zu den Gemächern der Königin.

Inzwischen war auch der Leibarzt geholt worden, der Shubals Wunde versorgte. Gardisten schafften die Leichen fort, und Arkhaurus' Witwe, die Arme um ihren toten Gemahl geschlungen, begleitete sie.

»Ihr habt uns alle gerettet, Conan«, sagte Acrallidus. »Ihr Götter! Und unsere arme Königin hatte gehofft, endlich doch noch glücklich werden zu können — mit diesem — diesem ...«

Conan sah nur noch die Sohlen von Sergianus/Sabaninus' Stiefeln, als die Gardisten ihn aus dem Bankettgemach trugen. »Ihr müßt sie gut beraten und ihr ein Vater sein, Acrallidus«, sagte er zu dem Stadtverwalter.

Acrallidus seufzte. »Und Ihr, Conan, müßt bei uns bleiben und die Königin beschützen, damit sie sich sicher fühlen kann — und ihre Tochter, die zukünftige Königin, ebenfalls. Stürbe eine khauranische Königin ohne Thronfolger, würden in wenigen Wochen kothische Truppen hier einmarschieren!«

»Aber«, protestierte Conan, »ich ...«

Ein gellender Schrei und gleich darauf lautes Wehklagen unterbrachen ihn. Gefolgt von verwirrten Palastwachen rannten die beiden Männer zu den Gemächern der Königin, denn zweifellos kam das Wehklagen von dort.

Khashtris war es, die sie gehört hatten. Sie saß auf dem mit weichen Teppichen bedeckten Boden und hatte den Kopf ihrer königlichen Kusine auf dem Schoß. Ialamis hatte sich unmittelbar unter dem perlenbestickten Brusttuch einen Dolch in den Leib gestoßen.

»Nur Sergianus hat mein Leben lebenswert gemacht«, sagte die schwerverwundete Königin mit stokkender Stimme. »Jetzt will ich nicht mehr — leben. Ac-crallidus ...« Ihre Stimme drohte zu versagen, und ein krampfhaftes Zucken schüttelte sie. »Mein guter Acrallidus, seid Tar-amis ein weiser Berater und — und väterlicher Freund. Sie — sie wird Euch brauchen. Ich — ich bedauere nur, daß ich sie — verlassen muß. Vielleicht wird sie — sie und Euer K-rallides eines Tages ...« Sie hustete, und ein Blutschwall quoll über ihre Lippen. »Co-Conan — Ihr — habt wohl — Khauran gerettet — aber — aber ich — wäre — glücklicher — gewesen ...« Erneut schüttelte sie ein schreckliches Zucken, und der Tod griff nach ihr.

Rauch aus vielen Dutzenden von Räucherschalen stieg zur hohen Decke des Ischtartempels auf und legte sich wie ein Schleier vor die betenden Priester. Ialamis war im königlichen Mausoleum unter dem Tempel, wo schon ihr Gemahl und ihre unglücklichen Vorfahren bestattet worden waren, zur ewigen Ruhe gebettet worden.

Conan schritt die breite Freitreppe hinunter, und neben ihm Khashtris mit dem weißen Trauerschleier der Khauranierinnen über dem lose fallenden Haar.

»Es gibt also nichts, was Euren Entschluß ändern könnte?« fragte sie leise.

»Nein.«

Sie blickte zu seinem Gesicht hoch. »Wie sehr ich wünschte, Ihr wärt älter oder ich jünger!«

»Ich bin froh, daß es so ist, wie es ist, Khashtris, denn ich würde Euch lieben. Aber es gibt noch so vieles auf dieser Welt, das ich erst sehen und kennenlernen möchte, ehe ich mit einer Frau vor einen Priester trete, damit er uns zusammengeben möge.«

»Dankt Euren Göttern dafür, Conan. Ah, ich sehe, Ihr habt das Amulett wieder mit Ton verhüllt.«

»Ja, das Auge Erliks hat keine besonderen Kräfte für mich, nur für einen ganz bestimmten Herrscher, dessen Namen ich nicht nennen möchte. Nicht das Amulett war es, das mir Sabaninus in wahrer Gestalt zeigte, sondern allein der Augenblick der Rückkehr meiner Seele. Ihr sollt noch wissen, daß selbst Crispis mir verzieh, nachdem ich mich daran erinnert hatte, ihn zu befreien, und ihm den klingenden Beutel gab, den Ihr mir so großzügig für ihn zur Verfügung gestellt habt. Für Khauran hat das Amulett seine Schuldigkeit getan. Jetzt verlasse ich Euer Land, und nun muß das Auge Erliks wieder getarnt sein.«

Am Fuß der Freitreppe blieb die edle Lady stehen. »Nehmt das«, bat sie und drückte ihm etwas in die Hand. Er spürte, daß es eine kleine, halbierte Scheibe war: die Hälfte einer Königinnenmünze. »Die andere Hälfte wird von derjenigen um den Hals getragen werden, die durch Euren Einsatz eines Tages vielleicht eine *glückliche* khauranische Königin werden wird: Taramis. Ich werde mich ihrer annehmen und ihr immer wieder von Euch erzählen. Jederzeit, wenn Ihr Euch dazu entschließen solltet, werdet Ihr hier gut aufgenommen werden, selbst wenn ich — wenn ich ...« Sie stockte und drückte seine Hand um die halbierte Münze. »Selbst wenn ich nicht mehr lebe.«

Auch wenn sie soeben von einer Bestattung kamen, auch wenn Khashtris eine hochgeborene Lady war, wollte Conan sie gerade in die Arme nehmen, als Acrallidus' Stimme erklang:

»Conan! Ich muß mit Euch sprechen!«

Der Cimmerier drehte sich zu dem Mann in grünem Gewand und weißem Trauerflor um. »Unnötig, Acrallidus. Was Ihr auch sagt, ich bleibe nicht in diesem fluchbeladenen König ... ah, Königinnenreich. Ich bin kein Heiliger, und so schert es mich nicht, daß Shadizar zu Recht die Verfluchte genannt wird. Meine Pferde stehen bereit. Ich reite west- und nordwärts und breche sofort auf.« Er tat, als bemerke er nicht, daß Khashtris ihm einen Ring an den Finger steckte.

»Aber ...«

»Ihr könnt ihn nicht zurückhalten, Acrallidus«, sagte Khashtris traurig. »Ich verstehe es, genau wie Shubal es versteht. Er würde gern mit Euch reiten, Conan, wäre er nicht verwundet. Aber er hat viel Blut verloren und muß sich wenigstens eine Woche schonen.«

»Oh — er und ich haben noch eine hohe Rechnung in der Taverne eines gewissen Hilides offenstehen, Khashtris. Fünfzig Silbermünzen, glaube ich.«

Sie blickte ihn an und wußte, daß er log. »Ich werde

Shubal das Geld geben, damit er sie begleichen kann, Conan. Ich hoffe, es gerät nicht in die Hände einer gewissen Obsthändlerin. Und Ihr, Conan — bewahrt die Münze, die halbe Münze, gut auf.«

»Das werde ich«, versprach ihr der Cimmerier und dachte, zumindest werde ich es versuchen. »Ich werde sie in Gedanken an Euch in Ehren halten. Vielleicht komme ich eines Tages wieder nach Khauran, um zu sehen, wie es Königin Taramis geht. Ich weiß, Ihr und Acrallidus werdet sie wohl beraten und ihr eine Stütze sein, und bis sie alt genug ist, liegt die Verantwortung für Khauran in Euren zarten Händen! Meiner dagegen harrt Shadizar, die Stadt der Kulte, des Weines und der Frauen. Und die letzteren beiden sind mehr nach meinem Geschmack als das beklagenswerte, fluchbeladene Khauran und der Dienst für ein königliches Kind.«

Der Cimmerier drehte sich um und stapfte zu dem gelangweilten Jungen, der schon eine geraume Zeit mit den Pferden auf ihn wartete.

Conan war ein wenig älter und ein wenig weiser geworden — und er besaß seine Seele wieder. Und ob er je nach Khauran, dem Land der unglücklichen Königinnen zurückkäme — wer konnte das schon wissen?

CONAN-SAGA

ROBERT E. HOWARD / LIN CARTER / LYON SPRAGUE DE CAMP · **Conan** · 06/3202

ANDREW J. OFFUTT · **Conan und der Zauberer** · 06/4006

ANDREW J. OFFUTT · **Conan der Söldner** · 06/4020

ANDREW J. OFFUTT · **Conan und das Schwert von Skelos** · 06/3941

LYON SPRAGUE DE CAMP · **Conan und der Spinnengott** · 06/4029

ROBERT E. HOWARD / LIN CARTER / LYON SPRAGUE DE CAMP · **Conan von Cimmerien** · 06/3206

POUL ANDERSON · **Conan der Rebell** · 06/4037

ROBERT E. HOWARD / LYON SPRAGUE DE CAMP · **Conan der Pirat** · 06/3210

KARL EDWARD WAGNER · **Conan und die Straße der Könige** · 06/3968

ROBERT E. HOWARD / LIN CARTER / LYON SPRAGUE DE CAMP · **Conan der Wanderer** · 06/3236

ROBERT E. HOWARD / LYON SPRAGUE DE CAMP · **Conan der Abenteurer** · 06/3245

LYON SPRAGUE DE CAMP / LIN CARTER · **Conan der Freibeuter** · 06/3972 (urspr. 1972 erschienen als **Conan der Bukanier** unter der Nummer 06/3303)

ROBERT E. HOWARD / LYON SPRAGUE DE CAMP · **Conan der Krieger** · 06/3258

LYON SPRAGUE DE CAMP / LIN CARTER / BJÖRN NYBERG · **Conan der Schwertkämpfer** · 06/3895

ROBERT E. HOWARD / LYON SPRAGUE DE CAMP · **Conan der Thronräuber** · 06/3263 (urspr. 1971 erschienen als **Conan der Usurpator** unter derselben Nummer)

LIN CARTER / LYON SPRAGUE DE CAMP · **Conan der Befreier** · 06/3909

ROBERT E. HOWARD / LYON SPRAGUE DE CAMP · **Conan der Eroberer** · 06/3275

ROBERT E. HOWARD / BJÖRN NYBERG / LYON SPRAGUE DE CAMP · **Conan der Rächer** · 06/3283

LYON SPRAGUE DE CAMP / LIN CARTER · **Conan von Aquilonien** · 06/4113

▷

CONAN-SAGA

LYON SPRAGUE DE CAMP / LIN CARTER · **Conan von den Inseln** · 06/3295
LYON SPRAGUE DE CAMP / LIN CARTER · **Conan der Barbar** · 06/3889
ROBERT JORDAN · **Conan der Verteidiger** · 06/4163
ROBERT JORDAN · **Conan der Unbesiegbare** · 06/4172
ROBERT JORDAN · **Conan der Zerstörer** · 01/6281
ROBERT JORDAN · **Conan der Unüberwindliche** · 06/4203
ROBERT JORDAN · **Conan der Siegreiche** · 06/4232
ROBERT JORDAN · **Conan der Prächtige** · 06/4344
ROBERT JORDAN · **Conan der Glorreiche** · 06/4345
JOHN MADDOX ROBERTS · **Conan der Tapfere** · 06/4346
STEVE PERRY · **Conan der Furchtlose** · 06/4663
LEONARD CARPENTER · **Conan der Renegat** · 06/4664
JOHN MADDOX ROBERTS · **Conan der Champion** · 06/4701
STEVE PERRY · **Conan der Herausforderer** · 06/4745
JOHN MADDOX ROBERTS · **Conan der Marodeur** · 06/4781
ROBERT E. HOWARD · **Conan und der Schatz des Tranicos** · 06/4915
ROBERT E. HOWARD / LYON SPRAGUE DE CAMP ·
Conan und der Flammendolch · 06/4930
JOHN MADDOX ROBERTS · **Conan der Draufgänger** · 06/4959
ROLAND GREEN · **Conan der Wagemutige** · 06/4988
LEONARD CARPENTER · **Conan der Kriegsherr** · 06/5044 (in Vorb.)
LEONARD CARPENTER · **Conan der Held** · (in Vorb.)
STEVE PERRY · **Conan der Unbezähmbare** · (in Vorb.)
LEONARD CARPENTER · **Conan der Angreifer** · (in Vorb.)
STEVE PERRY · **Conan der Landsknecht** · (in Vorb.)
STEVE PERRY · **Conan der Schreckliche** · (in Vorb.)
LEONARD CARPENTER · **Conan der Große** · (in Vorb.)
ROLAND J. GREEN · **Conan der Beschützer** · (in Vorb.)
JOHN MADDOX ROBERTS · **Conan das Schlitzohr** · (in Vorb.)
DAS CONAN UNIVERSUM von ERHARD RINGER · 06/4908